B杜极短篇故事集（601～700）（简体字版）

A WORD TO THE WISE (TALES 601～700 IN SIMPLIFIED CHINESE CHARACTERS)

B杜

British Library Cataloguing-in-Publication Data. A CIP catalogue record for this book is available from the British Library.

ISBN 978-1-915884-13-8 (ebook)
ISBN 978-1-915884-12-1 (print)

For my Family

（601）

上帝问肯尼："这次投胎，你选先甘后苦，还是先苦后甘？"

"我能不能选从头甘到尾？"

"不行，即使集权力和财富于一身的人也有困难时刻，只是外人看不出来而已。"

"那么请让我当那个集权力和财富于一身的人。"

"这个得看机运，不是你想当就能当。"

过去，肯尼选过21次先甘后苦和20次先苦后甘，发现不论选哪个，苦是真的苦，甘却是短暂的（有时他不免怀疑这样的悬殊比例是否值得用一辈子去尝试？）。

"亲爱的上帝，人生太苦了，我不想再继续轮回。"肯尼说。

"你可想好了，这个决定不可逆转。换言之，一旦退出轮回，就是永远的退出。"上帝答。

肯尼想了想，用力一点头。

于是上帝要他闭上眼睛，当他再次睁眼时，已经化为山上的一块岩石，既不会饥渴，也缺乏五感六觉，更没有复杂的人际关系和尔虞我诈。

"太棒了！"肯尼心想。

光阴似箭，日月如梭，已经成为岩石的肯尼转眼已在山上度过整整十个年头，每天看着同一个方向，连转头都做不到。

"天哪！这日子要怎么过？"肯尼望天兴叹。

"小子！"在他身旁不远处的岩石开口了，"你才来十年，我已经在此上百年了。"

"快告诉我，你是如何度过这悠悠岁月？"肯尼兴奋地问。

"你等等，让我问问前辈。"

于是上百年的岩石问上千年的岩石，上千年的岩石问上万年的岩石，上万年的岩石问……

直至目前为止，肯尼还在痴痴地等着答案。

卡梅尔有一辆八五年的福特汽车，在那个年代也曾独领风骚过，如今风光不再，加上老式零件购买不易，维修起来很昂贵，他的儿子认为卖掉老车再买辆新的会比较划算。

已经退休的卡梅尔想了想，接受了提议，哪知车行的报价让他暴跳如雷，那么好的一辆车怎么只值八百元？

"爸，这是一辆近四十年的老车，能卖八百元已经不错了。"儿子对他说。

卡梅尔怎么也不愿意，于是儿子问他想卖多少？

这是卡梅尔第一次认真估算起这辆车的价值。想当年，他第一次在车内亲吻当

时还是女友的妻，后来结了婚，有了孩
子，不管上班、购物、就医、旅游、接
送儿子上下学……等，这辆福特皆毫无怨
言地完成任务，可说是功臣一位。

"三百万元。"他答。

"美元？"儿子问。

"美元。"

"爸，你疯了！"

"就当我疯了吧！"

卡梅尔答完，哼着歌到工具室拿车蜡，
打上蜡的车子光洁亮丽，像新的一样，
任谁都会多看一眼……

叶青红在家政公司工作，有一天，公司主管告诉她墨韵堂在招工，月薪三千元，包吃住。

"三千？"叶青红扬起声，"墨韵堂是高级别墅区，怎么有钱雇主也这么抠？就别说我的上一份工作月薪四千，还不用留宿。"

公司主管做了个要她噤声的动作，然后拉她到角落说话。

"听着，这位雇主已经鳏居好多年，一个人守着一栋大房子很孤独，所以有了找老伴的想法。他说了，如果彼此生活愉快，不排除结婚的可能性。"

叶青红原本也有一段表面看似幸福的婚姻，若不是老公（现在算是前夫了）出轨，这段婚姻还会继续下去，她也就无庸抛头露脸地听人使唤了。

"对方年纪多大？以前是做什么的？"叶青红问。

"六十多岁，看着还硬朗，以前是个农民，因为老家拆迁得了一笔巨款，所以买下这栋豪华别墅。"

叶青红的理想伴侣是45岁以下的知识份子，谈吐优雅，像个大学教授，可是主管口中的男人已经六十多，年纪老得足以当她的父亲，何况以前还是个种田的。

见叶青红不感兴趣，公司主管给她分析情势："年纪大有年纪大的好处，哪天两脚一蹬，房子和钱还不是妳的？妳也不用担心日后会有人来争家产，因为这位雇主性格古怪，与亲戚早断了联系，唯一的儿子也已病逝多年。"

经这么一分析，叶青红觉得还不坏，可以一试，于是在公司的安排下，她很快搬进墨韵堂5号屋。

生活过一段时间后，叶青红发现这位雇主身上的缺点还真不少，话是不多，但一双眼睛贼溜溜的，一看就知道是个心思复杂的人，而最让她受不了的是他的抠，夏天不能用空调，冬天不准开暖气，连每个月的生活费也必须严格控制在800元以下，这导致叶青红时不时还得往里贴钱。还有还有，这个男人懒惰得要命，但使唤起人来却毫不客气，连割草坪、清洗外墙等重活也一并丢给叶青红。

好几次，叶青红很想抹布一摔，扬长而去，但都被眼前的美丽豪宅给挽留住。实话说，她还没见过比这栋别墅还美的房子，它是任何人都会想要拥有的梦中情屋……

于是一次次的火冒三丈之后，她又一次次的妥协，尤其姜老头看着虽让人生厌，但处处暗示年底会给她一个交代，她也就索性等着，如果不是劳动节当天来了一位不速之客，叶青红肯定会忍耐到那个时候。

"你找谁？"叶青红开门后问。

"我找老姜。"那人很自然地把手中的行李递交出去，"妳不会是老姜的女儿吧？！"

"当然不是！"叶青红把硬塞过来的行李往地上一扔，"你这人也太搞笑了，到别人家里还那么理直气壮的样子。"

"我是回自己的家呀！有什么不对？"

经过一番剥丝抽茧，叶青红终于明白眼前这位谈吐优雅，像个大学教授的四十多岁男子才是真正的屋主，老姜不过是他请来的工人，平常就是打扫屋子和整理庭院，月薪六千。

听到月薪六千，叶青红的眼泪哗哗哗地往外流，还有什么比这个更加诛心？

（604）

从前从前有个公主很爱笑，可是有一天她忽然不笑了，国王很着急，宣布只要有人能让公主再展笑颜，就能获得一袋金币。

很快，排队的人群从城内排到城外，可惜依旧无人能博得公主一笑。就在这时候，一位侏儒站了出来，他对公主说："这个世界是美好的。"

公主听完，笑了。

（605）

眼看就要打败敌军，被奸臣蒙蔽双眼的国王却下令撤退，尼曼将军暴跳如雷，但也无可奈何，只能班师回国，结果一回国便被软禁起来，直至生命终结。

两百年后，盖乌兹将军也在即将获胜之际被国王紧急召回，他一不做二不休，带领军队反噬，将昏庸无能的国王轰下台，自己即位。

历史对两位将军的评价不同，尼曼将军成了忠臣代表，盖乌兹将军（也就是后来的盖乌兹大帝）则是革命先驱……

"不公平！"尼曼将军气得从棺材里跳出来，"当时我完全有能力推翻腐败政权，但我没有，因为君权神授且君臣关系不能僭越。”

此时，盖乌兹大帝慢吞吞地从棺材里爬起，说："老哥，你想当忠臣，我不阻止，但别嚷着不公平，你已经求仁得仁，就别阻止我名垂青史。话说回来，你之所以不平衡，是因为懊恼自己蠢，我说对了没？"

尼曼将军听完，躺回自己的棺材内，接着将棺盖盖上，一句话也无。

星野夫人结过五次婚，每次离婚都给她带来巨大的财富，到了第五次婚姻，她嫁给78岁的油画大师星野拓真，不到一年即成了寡妇，亡夫留给她291幅价格不菲的油画，这也是迄今为止唯一一次不是通过离婚手段所得到的利益。

如今的星野夫人住在东京世田谷区的一栋豪宅内，过着养尊处优的生活，除了年岁渐长所带来的容貌焦虑外，没什么值得她皱一下眉头，可是今天不一样，她已经蹙眉一整天，原因是小男友想回巴西老家，希望她能给点儿路费。

星野夫人不是小气之人，何况她还这么有钱，她之所以烦恼乃因阿卡迪借索要路费之名，行敲诈勒索之实，但她又不能不给，毕竟这个小伙子知道她太多秘密。

上床前，星野夫人不忘做例行的护肤工作，一照镜子，双眉间竟多了两道眉头纹，这可把她愁坏了。

"不行，"星野夫人边抚摸眉头上的皱纹边喃喃自语，"我不能再让这件事困扰我，得就此打住！"

几天后，阿卡迪收到星野夫人的两亿日元汇款，他马上打包行李，然后开开心心地坐上通往地狱的出租车……

（607）

又到了关爱学生的时刻，美术学院的褚院长拿起自己的小本子走出办公室。

在油画教室里，每位学生都聚精会神地做画，丝毫没有注意到院长正在巡堂。

褚院长徘徊在每个画架之间，最后驻足在某个画架前。

"画得挺好的。"褚院长说。

田启光抬头一看，又是褚院长！他随便敷衍一下后，继续做画。

"画完交到我的办公室，记住别署名。"褚院长又说。

这已是今年的第三次，田启光心想未免过多？

褚院长又待了两分钟才往另一间教室走去，这次倒是有了意外之喜，他问对方几年级？叫什么名字？

"我叫廖本凯，一年甲班。"该名学生毕恭毕敬地答。

褚院长拿起小本子，边写下"一年甲班廖本凯"边解释这是为了更好地记住优秀学生，同时不忘叮嘱此画完成后送到院长办公室，别署名。

能获得院长的青睐是件多么光荣的事，廖本凯按耐住激动的心，点头如捣蒜。

两个月后，田启光在院长办公室外巧遇廖本凯，他问学弟是不是来交画作？

"是的，学长也是？"

田启光没回答，反而问："你的画是原创吗？"

廖本凯感觉受到极大的侮辱，说话也就没那么客气了，他反问："我的当然是原创，莫非学长的作品是剽窃他人的成果？"

没想到田启光毫无愧色地承认手中的画正是复制Peter Watson的作品，一个尚没有名气的美国油画家。

"你……你……"廖本凯太惊讶了，连话都说不利索。

田启光不慌不忙地在廖本凯耳边低语几句，后者听完后，拿着画离开，直到褚院长找上门，他才又携画重返院长办公室。

"这幅画不是上次我见到的。"褚院长说。

"上次那幅我不小心署名了，所以又画了一张，您看可不可以？"廖本凯答。

褚院长不明白为什么最近上缴的画都跟原来看到的不一样，还好画功尚在，不失水准。

"把画留下，你可以走了。"褚院长下逐客令。

几年后，有人发现褚院长的画都是剽窃国外的小众画家，几乎一比一还原，连"再创作"的痕迹也没有，简直是艺术界之耻！

（608）

今晨遛狗时，谭大爷家的金毛忽然不走了，他半拖半拉才把狗拽走，可是就在行经魔都大厦时，一盆水从天而降，把谭大爷淋成了落汤鸡。

"是哪个杀千刀的？！"他仰头喝斥，"你他妈的给我下来！"

然而无论谭大爷怎么"口吐芬芳"，始作俑者依然没现身，他只能自认倒霉。

又走了两个路口，谭大爷才猛然想起发泄对象。

"你这条死狗！"他猛踢家里的金毛，"若不是你闹脾气，我怎会遇上那盆水？"

金毛左躲右藏，仍被主人踢了好几脚，哀叫声连连。

回到小区，谭大爷明显感觉不对劲，他抓住保安问："怎么又是警车，又是救护车？"

"你住的那栋楼，电梯上升至29层后忽然往下坠，目前死伤人数未知。"

"这……这是多久前的事？"

"十多分钟，也可能二十分钟，谁还记这个？"

谭大爷住在30层，如果不巧赶上那趟，从29层往下坠还有活命的机会吗？

"来福，"谭大爷蹲下身抚摸金毛，"谢谢你，腿还疼不疼？"

金毛嗷嗷嗷地叫，像受了天大的委屈。

（609）

因为自己的失误，尤明伟失去了家人，他痛苦难当，最后不得不向专业人士求助。

"谈谈你痛苦的原因。"心理医生问他。

"如果我的道路安全意识能再提高些儿，就不会犯下如此低级的错误。换言之，一切都是我的轻忽所造成，但说这些又有何用？我的亲人再也回不来了。"尤明伟答。

"你认为怎样才能原谅自己？"

"我一辈子都不会原谅自己。"

"你打算永远活在悔恨之中？"

"最亲近的家人因我而死，我如何没事似地继续活下去？"

……

离开就诊室，尤明伟并没有预约下一次看诊。在他看来，这位心理医生只会把问题丢给病人，如果病人知道如何解开心结，何需上这里来？

因为没能得到专业人士的实质性帮助，尤明伟再次陷入自我谴责中，并且日益严重，最后竟有了轻生的念头。

"先生，请留步。"一位在山下摆摊的算命师喊住他。

尤明伟向来不信这些江湖骗子，但横竖要死，何不把口袋里的几百块钱送人？于是坐了下来，问："你帮我看看我能活到几岁？"

这名算命师又是卜卦，又是排八字，又是摸骨，最终得出尤明伟还有38年的寿命。

"虽然不准，但看你那么费心地装模作样，我把身上所有的钱都给你，再多没有。"

结果算命师听完非但不生气，反而说出尤明伟家人的寿命：父亲——62岁；母亲——56岁；妻子——28岁；女儿——5岁；儿子——不满1岁。

"你……你怎么知道？"尤明伟惊讶地问道。

"你的命里已经安排好了的。"算命师答。

"意思是不管我如何小心翼翼，命里注定好了的都改变不了？"

"我不能将话说死，但绝大部分的情况下的确如此。"

尤明伟怔住了，这是他第一次感觉到自己的负罪感正在远离。

"如果我继续上山，"他接着问，"你认为我还有38年的寿命好活吗？"

"就算你不想要这38年的寿命，最后还是死不了。既然死不了，何不苟活着？反正终归一死，何必赶着步上黄泉路？"

还真别说，尤明伟的痛苦竟然瞬间被一个"江湖骗子"给抚平了，至于后来他是否又多活了38年？尤明伟不在乎，看倌们又何必在乎？

泥国的GDP连年下滑，人民的痛苦指数不断增高。

"总统先生，再这么下去，暴动将无可避免。"內政部长忧心忡忡地说。

总统思考了一下，的确有此可能性，于是问在座的各部门首长有何建议？得到的答案五花八门，其中有个建议很新奇，也是最引起争论的，那就是让影视公司制作悲惨內容的节目，越惨越好。

"人民已经苦不堪言，如此一来，岂不是雪上加霜？"总统问。

"总统先生，"赞成该提议的财政部长答，"您的年薪是50万泥币，这在全球元首的年薪排行榜上居末位。现在如果有位元首的年薪低于您，您是开心还是不开心？"

总统又思考了一下，的确有道理，于是宣布通过该条决议。

会议结束后，总统把财政部长单独留下来，问："我的年薪真的在全球居末位吗？"

"总统先生，是的。"财政部长毕恭毕敬地答，"但您的年末奖金却是全世界最高，而且这个部分不纳税。"

这下子总统先生总算心理平衡了。

今天，陈润冬一到公司就打开电脑，随便在美食点评网上挑选一家餐厅给差评，然后鼠标一滑，点开备忘录，上面写着今天九点半开早会，下午拜访客户，晚上陪经理应酬（没办法，总公司来了人，免不了吃吃喝喝，否则以后事情难办）。

09:25，陈润冬屁股还没坐热就被喊去开会。会议上，每个人都被点名批评，但陈润冬被骂得最惨，谁让经理是他的小舅子（当初进公司没少被质疑靠裙带关系，其實也是）？为了扼止流言蜚语，经理总拿自己的姐夫开刀，而且刀刀致命，以示公允，如果言语有杀伤力，陈润冬早已身首异处，血肉模糊。

下午，陈润冬跑了30公里路拜访客户，结果客户只给了他20分钟（其实是5分钟，另外的15分钟则是听他讲述个人的奋斗史）。

"小伙子，赚钱没那么容易，那些打不死你的，终将使你强大。"客户对他说。

陈润冬当然知道赚钱不容易，否则也不会乖乖坐着聆听一个糟老头的陈年破事，但即使卑恭屈膝，最终也没能换来一纸订单，所以出门后，他毫无悬念地把老头子全家都问候了一遍。

晚上，总公司的人指明吃火锅，几双筷子来来回回在锅里涮，陈润冬想想就作呕，所以菜吃的很少。

从火锅店出来后，经理提议唱KTV，陈润冬立刻做出看表的动作，结果被经理的一个眼神杀给震慑住，立即拉拉衣袖，好盖住从网上买来的名牌仿表。

回家后，妻子责问他为什么这么晚才回来？小宝哭闹了一整夜，她筋疲力竭。

"我也很累啊！"他说。

"累什么？我弟都跟我说了，你们今晚吃火锅，外加K歌两小时。"

"那你弟有没有跟妳说今天他在会议上狠狠地修理我一顿？还有，晚上为了陪小日本，我他妈的就像只摇尾巴狗，就差伸舌头舔人屁股呢？"

妻子听完后泪眼婆娑，说她就不该过早步入婚姻，现在生不如死……

最后的最后，陈润冬不得不拖着疲惫的身躯与妻子在床上大和解。

隔天，陈润冬一到公司就打开电脑，随便在美食点评网上挑选一家餐厅给差评，然后鼠标一滑，点开备忘录，上面写着……

（612）

江海涛是一名公交车司机，在他的工作生涯里，只跑一个路线，那就是从无邪村开到豁然村，再从豁然村折返，十几年如一日，未曾改变过，可是今天线路调度员却告诉他从现在开始他得多跑一个村，那就是斜途村。

斜途村本来也算是个大村落，但自从煤坑被封后，男丁四散，村里只剩老弱妇孺（这些人平常鲜少外出）。公交车在跑了几趟空车后，索性删掉这条不挣钱的路线，怎么十几年后又加了回来？

针对疑问，调度员把锅甩得一干二净，说是上级主管的命令，跟他一点儿关系也没有。

"那薪水呢？"江海涛问。

"照旧，发车次数也没变。"

这岂不是变相压榨？江海涛一万个不愿意，但又能如何？除非不想干。

开始新路线后，斜途村根本无人上车。江海涛思忖如果月底前依旧，他绝对会投诉，结果在"期限"到来前有了第一位乘客。

"哎！都是命。"江海涛懊恼着，然后启动车子。

日子又回到原来的轨道（只是多跑了一个村），江海涛日复一日地行驶在乡间小路上。

这一天，气象预报将有强降雨，可是天上除了几片乌云外，连风都是温热的，所以江海涛还是按照原计划发车。哪知一路都无人上车，当来到交叉口时，他稍微犹豫了一下，还是把车开向斜途村（哪怕他认为有人上车的机率趋于零），所以当他看到该村的公交站牌下竟然站着一个人时，心情不知有多复杂。

那名长相清秀的女子上车后，径直往最后一排走去。

待她坐稳后，江海涛方向盘一转，往豁然村开去。

就是这么奇怪，接下来的站点皆无人等车，而且路上的车子极少。兴许无聊，江海涛从车内后视镜打量女乘客的频率逐渐升高，内心也渐生歹念，而且越来越清晰，此时，狂风忽然大作，待满天黄沙退去后，乌云开始压顶，只一会儿的工夫，雷雨翩然而至，打得车子哐哐作响。

江海涛再次从后视镜打量女乘客，结果不看则已，一看，吓得魂飞魄散，因为那女人的身体还在，但头没了。

"阿弥陀佛，菩萨保佑……阿弥陀佛，菩萨保佑……"江海涛嘴巴念念有辞，并且不再往后视镜看去。

好不容易把车子开进豁然村，雨也停了，空气中有咸湿的味道。

待江海涛将车停妥，女乘客却丝毫没有下车的意思，莫非……

"终……终点站到了。"江海涛望着前方道路说，声音是颤抖的。

一听说终点站到了，女乘客抬起头来，由于长时间抵住前排靠背（因为害怕雷声之故），她的脖子变得有些僵硬。

等"唯一"的乘客下车后，江海涛忍不住转头望去，发现那人明明有头。

江海涛长舒一口气，自责看走了眼，白担惊受怕好一阵子，而他身旁的魔鬼则气得捶胸顿足，差一点儿就成功了，这个该死的天气！

（613）

朴学林是Z大校长，某天，Q大校长宋锡悦找他喝茶，用意很明显，希望他能为明年的总统选举效力。

"我只是个大学校长。"朴学林说。

"你的学校师生人数加起来有几万人，这就有几万张选票。"

朴校长思考了一下，问宋校长为何如此积极？

"实话告诉你，自由党已经应允我当下届的教育部长。如果我当上教育部长，你便是副部长，岂不皆大欢喜？"

当天，朴学林并没有表态。一个月后，他加入未来党，一个新兴的党派。

朴学林的家人早知道他有从政心，不解的是若要选边站，应该选风头正盛的自由党才是。针对此点，朴学林并没有多加解释，而是坚定自己的选择。

未来党是小党，一听说有大学校长加入，自然要重用。朴学林也不负所托，在多次拉票现场口若悬河、独步一时，反倒衬得表现平平的未来党总统候选人很是黯淡无光。

大选的结果，未来党毫无悬念地落败了，与此同时，该党党内也开始出现不和谐的声音——如果当初让朴学林竞选总统，成绩也不致于如此难看。

另一厢，自由党以压倒性的票数大获全胜，新任总统发表感言，承诺会带领国家走向富强安康。几天后，内阁名单公之于众，让人瞠目结舌的是教育部长的头衔竟然落在朴学林头上。

都说新官上任三把火，朴学林的第一把火烧向宋锡悦，他被免除Q大校长的职位，理由是作风不端。

宋锡悦听闻后，默默打包个人物品，再默默离开Q大，安静得像一只猫……

（614）

2o18年的元宵节晚上，左亦安吃汤圆噎住了，家人紧急将他送往医院，还好经过抢救，化险为夷，但他仍坚称自己曾短暂死亡过，并且事后写了一本叫《死亡记实》的书，书中描述一位白发老翁在左亦安的"死亡过程中"曾给予他有关生命的启示和对未来的预言……

当《死亡记实》登上畅销书排行榜时，当年实施抢救的韦医生收到作者左亦安寄来的书和书里夹着的红包。

韦医生把书扔进垃圾桶，只留下红包，最近他的女儿嚷着要参加美国游学团，这下子有着落了。

（615）

这已经不知是第几次马小帅被汪老师点名批评，原因是他不按照规定写作业。

其实不是马小帅不听话，而是老师的规定太奇葩，好比已经很小的格子，还得用铅笔轻轻划上两条线，让字处于格子的正中央位置。还有还有，默写不仅得一字不差，连标点符号也得背进去，这谁受得了？

可是汪老师是班里的女皇帝，她的话便是圣旨，马小帅只能听命，并且继续因偶尔的"犯规"受批评，这么一忍就是两年。

某天，已经上高中的马小帅辗转得知汪老师离婚的消息，听说她老公十几年来得卡点回家，并且走楼梯只能走正中央（不能靠左一点点儿，也不能靠右一点点儿）。此时的马小帅恍然大悟，原来这几年他一直错怪汪老师，现在看来，她至少做到了一视同仁，连她的丈夫（如今应该叫前夫）也不放过。

（616）

荒谬村闹饥荒，黄家阿婆眼看家里就快断粮，一狠心，咬舌自尽了；李家阿婆怕疼，和儿子商量过后，由他背着上山，打算在山上自生自灭；郭家阿婆则未表态，不论儿子怎么明示或暗示，她皆选择性失聪，无奈之下，家里的三岁幼儿铁柱成为牺牲品，被自己的父母给活埋了。

等闹了大半年的饥荒过去后，郭家阿婆又多活了好几年，直至七十岁才寿终正寝。铁柱也没白牺牲，他的死为父母挣得了一个孝行门牌坊，至今仍屹立在荒谬村的村口，村里的狗儿特别爱在上面撒尿，尿迹斑斑。

（617）

从前有一只蟑螂叫小强，一出生就比别的蟑螂大，由于胃口奇佳，成年后的体形更是力压同侪，当它将翅膀张开时，足足有人类的巴掌大，这是百年难遇的好体魄，可是……

" 没看过比小强更胖的蟑螂！"

" 它怎么不减减肥？"

" 听说会飞的蟑螂是恶魔转世，我们应该跟它划清界限。"

" 它吃东西的样子好可怕，像是饿死鬼投胎。"

......

听到这些闲言碎语，小强不再展翅高飞，同时为了让自己不那么特别，它特意减少食量，可惜天生骨架大，再怎么少吃，它看起来依旧比别的蟑螂大，所以舆论压力并没有消失。渐渐的，小强患上了严重的心理疾病，每天形单影只，不复往日的神采……

从前有一只蟑螂叫小强，它不知自己被上帝眷顾，反而活成"亲者痛，仇者快"的样子。

（618）

三位作家坐下来讨论过去一年的销售成绩。

甲说："卖了一年，我的收入大概能买一辆国产车。"

乙说："我比你好，起码能付房子的首付。"

丙说："你俩都弱暴了，我现在是银行的VIP客户。"

语罢，甲和乙甘拜下风，丙无疑是他们当中混得最好的。

散会后，甲心事重重，一个不小心摔成了狗吃屎，他心想："这就是说大话的报应！"

几天过后，甲辗转得知乙的一条腿打上了石膏，而丙更惨，自从被雷劈后，到现在还没苏醒过来。

（619）

王老先生这辈子不光对自己抠，对别人也很抠，唯一的例外是他的女儿，但也只是好那么一点点儿，因为王老先生有一个奋斗目标，那就是死后给自己的孩子留下遗产，越多越好。

光阴似箭，日月如梭，到了弥留之际，王老先生把独生女儿叫到床前，交给她一张银行卡，说："小蓓，爸本来想全款给妳买个房，奈何力不从心，只能帮妳帮到这里了。"

王老先生的遗体火化后，王小蓓终于得空去取钱。拿到钱后，她第一时间就花1599元买下一个限量版公仔，眼睛眨也不眨。

（620）

就因为迟到五分钟，魏海薇被正在上课的曹老师严厉批评。回到宿舍后，她难过地直掉眼泪。

"我认为老师没错，如果大家都迟到，他还怎么上课？"室友小玲说。

"我也这么觉得，老师是对事不对人。"室友小敏说。

"妳该反省一下自己，如果夜里不追剧，隔天又怎会晚起？"室友小芳说。

魏海薇已经心情大坏，室友们非但不安慰，反而落井下石，她真想死了算了！

此时，隔壁寝室的小庄过来借东西，当看到泪眼婆娑的魏海薇时，忙问出了什么事？当得知缘由后，气愤地说道："我操！这点儿小事也骂人，太不道德了，我明天就去扎曹老师的摩托车轮胎替妳出气！"

魏海薇的愁眉舒展开来，问小庄要借什么？

"₂B铅笔。"她答。

魏海薇给了她两支，言明不用还了。

次日，曹老师骑着摩托车进校，又骑着摩托车离校，没人关心他的摩托车轮胎有没有漏气（至少魏海薇是不在乎的）。

（621）

春天来了，大地一片欣欣向荣。雪豹妈妈认为这是练习捕猎的时候，于是带着小雪豹来到草原上，那里有成群的鹿正低头吃草。

"记住，只捉小鹿，捉到后原地站着。"雪豹妈妈对小雪豹说。

"为什么？"

"到时候你就知道了。"

一番追逐后，小雪豹成功捉到一只小鹿，并且站在原地不动，而被咬住后腿的小鹿则频频呼唤自己的母亲。

鹿妈妈站在远处心急如焚，观察一阵子后，它判断自己能够转移小雪豹的注意

力（让孩子得到逃脱的机会），于是跑
上前去，结果被藏在草丛中的雪豹妈妈
一口咬住喉咙。

现在，雪豹妈妈和小雪豹终于可以带着
各自的战利品回窝去！

（622）

又到了三年一度的地方选举，简阿民像往常一样报名，他已经连续参选五次，每次都落选，依然保持高昂的兴致，可惜这次幸运之神依旧没有眷顾他，简阿民又败北了。

等支持的选民一离开，简阿民把儿子叫过来，说："阿进，爸老了，下一届选举换你上。"

"我……我行吗？"

"当然可以，只要说话不口吃，再加上几个标志性的动作，任何人都行。"

"那么为什么别人不参选？"

“因为他们没有你老爸看得深和远。”简
阿民环顾屋内，家里的电视、空调和音
响都是新的，佛龛贡台上还有个信封，
里面是一大沓的商场抵用券，“商人们
都精明得很，哪怕胜算再小的参选人也
不放过。”

（623）

张一鸣是位美食博主，背后有一支团队在运作，然而半年过去了，粉丝量依旧不多，他和团队不免忧心忡忡，再这么下去，年后只能解散了。

"我们何不邀请大雪纷飞出镜？"其中一位成员提议，"由他带着，粉丝量一定能有所提升。"

大雪纷飞是粉丝过百万的美食博主，如果能游说他出镜，至少那一期的播放量会好很多。

主意一打定，他们着手进行，可惜不论怎么软磨硬泡皆没用，大雪纷飞根本不把这个小团队放在眼里。

眼看年关将至，离解散的日子越来越近，张一鸣索性放飞自我，在镜头前各种打诨插科，没想到火了，而且一发不可收拾，粉丝量直逼千万。

这一天，大雪纷飞直奔张一鸣的公司总部，态度很是谦恭。

"你想怎么合作？"张一鸣问。

"听您的，我没意见。"他豪爽地答。

那一期的视频播放量超过以往，可谓双赢，但大雪纷飞的心里却刮起暴风雪，第一次被人在镜头前当猴耍，真他妈的窝囊透了！

焦郎平是一名洒水车司机，他的工作是每天给道路洒洒水，这份既简单又无聊的差事，后来被他玩成了趣味。

"喂！"一名路人气急败坏地冲他喊，"我的衣服全湿了，你眼瞎了不成？"

焦郎平哈哈大笑，总算等到一个怒发冲冠的人（多数"倒霉鬼"都会选择隐忍，鲜少有骂街的，一旦有人发怒，他反倒有中了头彩的喜悦）。

这一天，焦郎平又故技重施，兴许运气不佳，他被一个外表瘦弱的男人给拖下车猛打一顿，导致接下来的几天他变乖了，只要逢上路人便停止洒水，没想到这一幕被人拍下，上传到网络，他成了"中国好司机"的代表。

现在，焦郎平的工作不再那么有趣，但他却甘之如饴，因为那些感动且感激的眼神每天都温暖着他，让他感觉自己像救世主一样伟大！

（625）

说起林尧最难忘的人，那肯定是他的初恋崔凝雁，这个女人已经萦绕在他的心头长达十五年，早已根深蒂固。

"尧，明天中饭你想带什么？"林尧的妻子问他。

"随便。"

"我看煎条鱼，再来个小炒肉，你不挺爱吃的？"

"好。"

那年听说崔凝雁嫁给了镇长的儿子，林尧郁郁寡欢，做什么都不带劲。几个月后，家里人为他安排相亲，他去了，说不上喜欢或不喜欢，如果不是相亲过后得到好反馈，他连女方长什么样都懒得回忆。

林尧后来一琢磨，既然得不到女神，娶谁都一样，何必花时间和精力去寻觅？于是和江丽青交往半年后便匆匆领证。

与丈夫的"将就"心态不同，江丽青觉得自己找到了骑白马的王子，如果不是崔凝雁的出现，她肯定会继续做梦下去。

"尧，你还爱我吗？"江丽青含着泪水问。

这叫林尧如何回答？自始至终，他就从未爱过她。

丈夫的沉默让江丽青心碎，她决定放开他，独自舔舐伤口。

美梦成真后的林尧一度很欢快，但最终没能逃过生活的碾压（他又回到为柴米油盐发愁的状态），而被掀开神秘面纱的崔凝雁也渐渐褪去光环，成为芸芸众生中的一员，并且时间越长，她与另一个女人的差距也就越加明显。

后来说起林尧最难忘的人，那肯定是他的前妻江丽青，这个女人已经萦绕在他的心头长达三十年，早已根深蒂固。

（626）

世纪大洪水发生得太突然，以致大部分的动物都灭绝了，只有极少数登上高处者能幸免于难。此次灾难让基因突变后的蟑螂崛起，并进而控制整个地球。

这一天，动物园新开幕，蟑螂们蜂拥而至，当看到栅栏内的奇怪动物时，1号小蟑螂问：“爸爸，那只动物为什么看着我们摇头？”

蟑螂爸爸答：“这种动物叫‘人’，曾经是地球的主宰，至于它为什么看着我们摇头，那是因为它头痛，所以会不由自主地摇头。”

2号小蟑螂问："妈妈，那只动物为什么看着我们摇头？"

蟑螂妈妈答："这种动物叫'人'，曾经是地球的主宰，至于它为什么看着我们摇头，那是因为它长头虱，咱们别太靠近它。"

3号小蟑螂问："老师，那只动物为什么看着我们摇头？"

蟑螂老师答："这种动物叫'人'，曾经是地球的主宰，至于它为什么看着我们摇头，那是因为它的脖子僵硬，借此来活络血脉。"

大小蟑螂来了一批又一批，栅栏后的人边看边摇头，心想："造孽呀！怎么基因突变后的蟑螂还是长得这般丑？看了那么许久，没一个好看的！"

（627）

乔南紫是一名企业高管，平日波波碌碌，但再怎么日不暇给，她还是会抽空参加派对活动（尤其是高档派对），而且自诩有项特异功能，能快速在宾客当中锁定目标，至于"目标"以外，她则视而不见、听而不闻。很快，对她的批评声四起，而且愈演愈烈。

马夫人很不平，忍不住在群里为乔南紫发声，因为在她的眼里，这个小姑娘不仅平易近人，而且细心体贴，知道她腰疼，特地请来熟知的中医师为她治病……

听说马夫人为自己仗义直言，乔南紫立刻驱车前往马公馆致谢，并且在那个近五十平的客厅里第一次见到地方首富马海。

马海对乔南紫的印象很好，交谈过后更加确认这是个不可多得的人才，于是问她愿不愿意加入他的隆新集团？

乔南紫努力压抑悸动的心，果断地答："愿效犬马之劳！"

对于八面莹澈的乔南紫来说，"有效社交"是为了保证自己有足够的时间和精力去讨好该讨好的人，至于被她忽视者，也只能怪自己或自己的附加条件不够优秀，不值得她下赌注。

黄家的孩子打小就不省心，偏偏父母又纵容，以致越发不可收拾，长大后毫无悬念成了监狱里的常客。

李家的孩子也淘气，但父母收放有度，所以过了青春期的叛逆后，一切都向好而行。

赵家的孩子不一样，从小就循规蹈矩，也没有所谓的叛逆期，这跟父母的强势有关，但凡有一点点儿出格，轻则训斥，重则体罚，然而就是这样的"完人"，某天竟然干出惊世骇俗的事。

"你为什么随机杀人？"记者问赵某某。

"不知道，就是想杀人。"他答。

后来记者找到赵父，问他家孩子为什么杀人？

"那天我们全家出去吃饭，孩子说想喝奶茶，我和太太不让，给他点了杯橙汁。"赵父答。

"意思是这是一杯奶茶酿成的血案？"

"也不全是。"赵母接口，"那天我们就不该带他出去，如果待在家里就不会出事。"

"也就是说赵某某除了上学，基本没出过门？"

"你不知道社会上有很多坏人吗？学坏了怎么办？"赵母反问。

现在记者终于知道赵某某为什么想杀人了。

（629）

今天一早，小含赶着去上班，结果与提着早餐回家的邻居大妈撞个正着。

"怎么走路冒冒失失的？我这把年纪可不经摔。"大妈说。

小含赶紧道歉。

"妳笑什么？我很好笑吗？"大妈不高兴地问。

"不是的，"小含收起笑脸，"我没有取笑您的意思。"

离开大妈后，小含跑向公车站，还好最后一秒成功挤上，可是……

"妳别挤好吗？"胖大叔转头对身后的小含说。

"我没挤呀！"

"还说没挤，我都快喘不过气来。"

小含感觉好委屈，她已经贴紧车门，还能怎么着？

下车后，小含快马加鞭地奔跑起来，可惜还是太迟了。

"秦小含，妳迟到3分钟，罚款两百元。"人事对她说。

尽管她苦苦哀求，人事还是不为所动。

小含笑了笑，打起精神开始工作。和往常一样，部门同事都很冷漠，除了公事，大多少言寡语。

好不容易熬到下班，领导对她说："秦小含，妳今天留下来加班。"

"我已经连续加班三天了。"小含答。

"随便妳，反正现在人浮于事，可别说我没提醒妳哈！"

小含想了想，不过加班而已，总比丢工作好，于是"又"接下任务。

当小含步出办公楼时，已是月明星稀，她努力在浩瀚的夜空中寻找一颗最明亮的星。

"找到了，好美！"小含笑对星星，"我给你取个名字，就叫小含之星吧！"

回家后，小含一关上房门便放声恸哭，哭过一阵子之后才发现窗户开着，这一来，邻居们岂不是听得一清二楚？

她立刻走过去关窗，一抬头，看见小含之星。

"妳笑什么？我很好笑吗？"她问那颗最明亮的星，随即又落下一滴泪。

（630）

程光旭的家有好几艘船，他一向开大船出门，今天不知何故，他忽然想开小船试试，结果第一关便被拦下。

"请出示你的证件。"物业安保人员说。

"平常我不需出示。"程光旭答。

"请别为难我，我只是个打工的。"

还好程光旭随身携带证件，小区的道闸得以升起，结果小船一驶出小区，立刻被其他船只围堵住，直至半个多小时后才有所松动。

"奇怪，以前的路不堵，今天是怎么回事？"他喃喃自语。

当程光旭的小船开到河北路与河南路交叉口时，有两艘小船的船主正在对骂，后来升级到隔船互殴的程度，原因不过是船只发生碰撞（在他看来，这是很小的一件事，何需张牙舞爪？）。

兴许太过专注"船祸"，程光旭的小船撞上一艘更小的船，对方不仅问候他的祖宗八代，还跳上他的船耀武扬威。

"请马上离开我的船！"程光旭下令，"我让保险公司赔你钱就是。"

"有钱了不起是不？"那人踢踢船上的烤肉炉，"我看过比你这艘船还大的船。"

为了请走瘟神，程光旭给了"受害者"两千元，那人终于回到自己那艘只容一人乘坐的船只。

平常，程光旭开豪华大船（甲板离水面约有六层楼高），根本无法近距离观察到其他船只，今日由于开小船，他才发现世界竟有小到容纳不下其他人的"迷你"船存在，真是稀奇！

程光旭继续往前开去，途中遇到熟人，那些人像往常一样跳上他的船与他寒暄。当船上总人数达到10人时，再也容纳不下，他只好婉拒后来想登船的人。

"别别别，我下船就是。"凯特尔公司的董事长说。

此话一出，其他人立即响应，现在程光旭的船上反倒空无一人，只剩他自己。

"看来明天还得开大船。"程光旭对自己说。

（631）

原本单纯的聚餐，因为小美的被横刀夺爱，成了讨伐大会。

"可是……"卓尹婷开口，"应该被指责的是小美的老公，不是吗？如果他不动心，小三再怎么使出浑身解数也没用。"

此言一出，空气直接被冻住。不一会儿，小美哭得撕心裂肺，卓尹婷反倒成了众矢之的。

聚餐结束后，萧云赶上卓尹婷，告诉她理论归理论，实际操作未必如此，因为男人是管不住的，只能道德绑架小三，就好比弃养小动物的人实际比一开始就不养的人要好一些，可是人们就只会对前者口诛笔伐，后者反倒没事。

"我知道了，谢谢！"卓尹婷对萧云说。

与萧云告别后，卓尹婷打给流浪狗收容中心，表示自己改主意，不收养了。

"为什么？"接听电话的人问。

"因为......我不想日后被道德绑架。"她答。

（632）

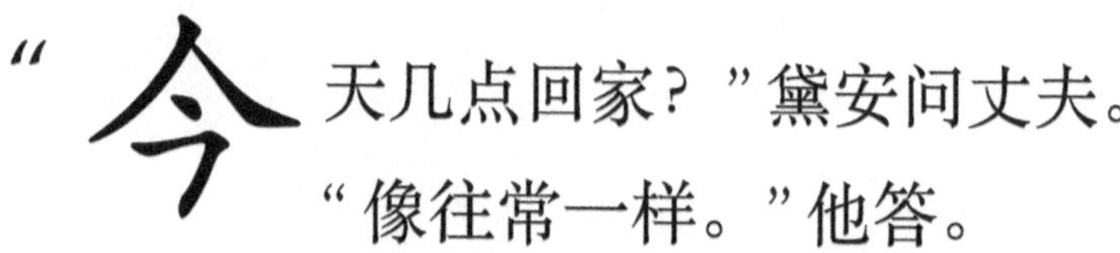

"**今**天几点回家？"黛安问丈夫。

"像往常一样。"他答。

结果丈夫前脚刚走，黛安立即把手机卡取下，换上新的，接着拿上事先藏好的行李箱，直奔长途汽车站（坐飞机会留下记录，她不想冒这个险）。

换了十几趟车之后，黛安终于来到理想中的香格里拉——一个冬季长达半年且人口稀少的小镇。

"琼斯小姐，我从来没见过用现金买房的人。"中介说。

"你现在看到了。"

其实黛安原本只想租房子住，但行李箱內有太多现金，这增加丢失的风险，加上屋主急着出售，价格很吸引人，她索性全款买下。

自从在富森小镇安顿下来后，黛安深居简出，邻居们私下都称她为"影子小姐"，即使她有个堂而皇之的假身份——梅•琼斯。

几年过后，小镇搬来一位退休教授，就住在黛安家对门。某天，教授来敲门，问："请问妳有没有火柴？天气越来越冷，我想点燃屋內的柴火。"

黛安听完，随即把房门关上。教授惊愕不已，好个没礼貌的女人！

正当教授想转身离去时，黛安打开房门，塞给他好几盒火柴。

"我不需要这么多。"教授说。

"拿着，这样你就不会经常来敲门。"

女人的怪异表现勾起教授的兴趣，从此总有意无意地观察她，渐渐的，一种莫名的情愫开始滋长，这是他鳏居十几年来从未有过的事。

这一天，黛安出门取报纸，结果脚底一滑，后脑勺重重着地。躲在窗帘后偷偷观察她的教授立刻飞奔过去，将她送往医院。

经此事后，黛安不再紧闭心扉，隔三差五，她会邀请教授来家里用餐或喝茶，一来二去，两人互生好感。

"梅，我已经65岁，妳也近60岁，时间不多了，我们何不一起过？"教授说。

"一起过可以，但我不想办手续，合则来，不合则去，你我都自由。"

教授不明白眼前的女人为何对婚姻抗拒？还有，每当提起过往，她总岔开话题，莫非有什么隐情？

怀疑的种子一旦种下，生根发芽是分分钟的事。

"不行，我得找个人调查她。"教授心想。

几个礼拜后，侦探发来调查报告，原来梅的真实姓名叫黛安•威尔逊，她的丈夫六年前于上班途中突发心脏病去世，从此她便不知去向……

"没想到丈夫的死带给她那么大的伤害，以致在他乡过起隐姓埋名的生活，甚至不愿谈及过去。"教授合上电脑喃喃道。

另一厢的黛安此时也忆起六年未见的丈
夫，心想他是否已经放弃寻找？毕竟这
三缄其口、躲躲藏藏的日子可一点儿也
不好过呀！

（633）

小方向小章借钱，小章答："抛开钱，什么都借你。"

"那么把你老婆借给我吧！"小方说。

此话一出，小章怒不可遏，差点儿拳头相向。

"大哥，你误会了，我的意思是嫂子的泡椒鸡爪做得好，如果能把配方和作法教给我，我就能去摆摊，也就不用向你借钱了。"

小章想想也对，于是借出自己的老婆。

几个月后，小方又来借钱，小章没好气地说："不是把我老婆借给你了吗？"

“可是借之前，我并不知道她那么爱买包。”小方委屈地答。

（634）

乔森平常最喜欢划着皮艇出海，很多人告诫他这是极其危险的事，但他充耳不闻。

这一天，他又独自出海，一开始还相安无事，哪知一个大浪忽然打过来，船翻了。

掉入海里的乔森拼命想浮出水面，奈何海浪太大，他又被卷入海底。慌乱之中，他感觉触摸到一块木板，赶紧死命抓住，最终如愿被海浪冲上水面。

暂时逃过一劫的乔森起初还很乐观，但随着时间的流逝，希望也越来越渺茫……

"如果我获救了，我发誓会做一百个小时的义工。"趴在木板上的乔森喃喃道。

十个小时过去后，他的誓词多了一条："如果我获救了，我发誓从此吃素。"

到了第二天，已濒临死亡的乔森又追加一条："如果我获救了，我发誓会把自己的财产全都捐出去，一分不留。"

终于在第二天的下午，一艘超级游轮往乔森的方向开过来，他赶紧更正："如果我获救了，之前的誓言全不算数。"

话甫歇，游轮往他的身上碾压过去……

（635）

Tutu十三岁时就写下人生的100个目标，立志在往生前全部做到，这当中包括登上世界第一高峰、在亚马逊丛林度过100天、游历100个国家……等等，每个目标都不是小目标，困难指数极高，但他都一一办到了，这也让他成为家喻户晓的人物。

这一天，Tutu登上开往俄罗斯的火车，打算在世界最冷的Oimiyakan村完成他的第101个目标，可惜火车行驶途中坠入山谷，有57个人死亡，其中包括Tutu。

就在排队等着进天堂时，Tutu发现自己竟然排在队伍的末位，想到过去的"丰功伟绩"，怎么也不该是这种待遇，于是插队至首位。

"你曾陪儿子玩家庭游戏吗？"上帝问他。

Tutu因为忙于完成人生目标，直到五十多岁才结婚生子，连唯一的儿子现在几岁也没搞清楚，遑论陪他玩游戏。

"没有。"他答。

"你曾读完一本书吗？"上帝又问。

"没有。"

"你曾为某个时刻感动过吗？"

"没有。"

"你曾静下心来思考人生吗？"

"没有。"

"你曾……"

"没有。"、"没有。"、"没有。"……

当上帝还想继续发问时，Tutu制止了，他说自己还是排队去。

（636）

莫洛终于娶到心目中的女神琪琪，她美丽大方、学历高、家境殷实，可是五年后莫洛还是出轨了。

"是因为我不会做饭吗？"琪琪泪眼婆娑地质问。

"……是。"

琪琪虽然心有不甘，但也只能优雅地放手，毕竟她这个层次的人做不到死缠烂打。

离婚后，莫洛转身娶了出轨对象文文。

这一天，加完班的莫洛拖着疲惫的步伐回家，此时此刻，他最希望能有口热饭吃。

"回来了。"文文笑容满面地接过他的公事包，"快坐下，吃过了没？"

"还没。"

文文递给他一杯果汁后，马上订外卖，由于时间晚了，选择性并不多。

当莫洛吃着广东粥配小菜时，文文就坐在他身旁给他讲笑话。

"有妳这个开心果在，妳的老板应该给妳加薪才是。"莫洛说。

"什么呦！我只有高中学历，长相一般，家世也普通，人家凭什么给我加薪？"她答。

这的确是实情，尤其文文还不会做饭，其他家务也做得马虎，莫洛有时不免怀疑自己是不是丢了西瓜捡芝麻？

"我的条件不佳，但运气好，所以才能嫁给像你这么优质的男人。"文文又说，眼里闪着星星。

对照前妻说过的话（我的条件佳，你是运气好，所以才能娶到像我这么优质的女人），此时的莫洛好像又不后悔了。

象国对国家公务员受贿采取零容忍，而且收效显著，这还得归功于这个国家的特殊机制。

这一天，做红酒生意的郑老板把象国的海关人员K约出来吃饭。酒足饭饱后，他对K说："十天后我有五个货柜的红酒进关，届时请高抬贵手。"

K做沉思状，于是郑老板塞给他一个事先准备好的红包，事情得以顺利解决。

几个月后，郑老板被象国的税务机关给罚得底朝天，他很不解，明明打点过，莫非K中饱私囊？

经多方打听，郑老板得知该国的海关被海警给告发，K和相关人员因此银铛入狱，所收贿款全数充公。若说税务机关欢喜若狂，那倒也没有，因为不久前这个机构才被法务部给告发，现在人人自危，宛如惊弓之鸟……

（638）

"**安**德森医生，你今天需要什么？"药剂师珍妮问。

"请给我十颗安眠药。"他答。

安德森医生是这个偏远小镇唯一的心理医生，有些患者如果行动不便，他也会代劳购药，这很正常，没什么不妥。

珍妮让安德森医生在取药单上签名，然后给了他十颗安眠药，同时说："过去你总会购买一些精神类药物，最近则安眠药居多。"

"是的，我的病人有睡眠困扰。"

拿上药的安德森医生转身想离开，结果被珍妮叫住。

"明天我能上诊所跟你谈谈吗？"她说。

"真不巧，明天我休息。"

"拜托！我非常需要帮助。"

安德森医生想了想，要她明天早上十点到诊所来。

次日，珍妮准时赴约。

"谈谈妳有什么困扰？"安德森医生说。

"打小我就能看到别人看不到的东西，好比每个人都被一个透明的气泡包裹住。"

"这听起来很有趣，妳能多讲讲吗？"

然后珍妮描述这个气泡因人而异，开朗的人有大气泡，阴郁的人有小气泡。

"我呢？我的身上有没有气泡？"安德森医生问。

珍妮半年前才搬来这个小镇，自从接触安德森医生后，"肉眼"可见他的气泡越来越小、越来越小、越来越小……

"这也是我的困扰，"珍妮答，"你的身上已经没有气泡了。"

安德森医生的脸上闪过一丝复杂的表情，但很快被克制住。

“这听起来很有趣，妳能多讲讲吗？”他重复说过的话。

于是珍妮告诉他——没有气泡的人通常离死亡不远了。

“妳需要持续治疗，”安德森医生面色凝重，“请跟我的助理预约下次就诊时间。”

珍妮离开后，安德森医生也跟着离开(今天是他的休息日，原本不需要上诊所来，他是为了珍妮破例)。

当晚，安德森医生吞下大量的安眠药，发现时身体已僵硬。

珍妮很自责，其实安德森医生的身上还有少许气泡，这么说是为了测试心理医生会不会被引导，结果很遗憾……

（639）

自从佩佩婚后搬出去住，蔡大妈陷入空巢期的焦躁与不安，是"旺仔"让一名中年妇女的爱得以渲泄。

"旺仔看着又胖了，妳都给它准备什么吃的？"邻居毕老爷问。

"准备的可多了，"蔡大妈骄傲地答，"一大早我就出门买肉买菜，炖完先给它留一份，剩下的加盐自己吃。"

其实不仅吃的方面讲究，一得空，蔡大妈还会坐下来给旺仔织各式的小衣服，说她是以整个生命来爱着这条雪纳瑞，一点儿也不为过。

这一天，蔡大妈的女儿对她说："妈，我怀孕了。"

蔡大妈高兴坏了（这是她的第一个外孙，自然宝贝），为了更好地照顾孕妇，她立马让女儿搬回家住。

"我才不！"佩佩立刻拒绝，"狗身上有一种弓形虫病毒，怀孕时若接触到，很容易造成胎儿畸形或流产。"

"不会吧？！"

"不管会不会，我绝不冒这个险。"

蔡大妈当然也不愿冒险，于是提议每天上女儿家照顾她，结果还是被拒，因为弓形虫也有可能跳到狗主人身上，造成间接性传染。

几日过后，佩佩终于搬回家住，从此总能见到蔡大妈一大早就上市场买肉买菜的身影，而且一得空便坐下来给未出世的外孙织各式的小衣服，说她是以整个生命来爱着家人，一点儿也不为过，只是难为旺仔了，它在山间已徘徊良久，一直找不到回家的路......

卡斯帕先生是F国驻S国的外交官，这一天，他参加S国举办的国宴，并且受邀上台致辞。这是个绝佳的机会，不仅能促进两国关系，还能给他国留下深刻印象，怎么也得好好表现，然而就在卡斯帕先生走向讲台时，意外发生了。

"大使阁下，您可好？"工作人员上前询问跌个四脚朝天的人。

卡斯帕先生原本睁着的双眼渐渐闭上，接着无论怎么呼唤都没反应，这下子可糟了！

工作人员立即将大使先生送往医院，并由享誉国际的施耐德医生为他看诊。

施耐德医生边看检验报告边皱眉头，此时的卡斯帕先生已经苏醒过来。

"医生，报告结果怎么样？"他问。

"有点儿意思。"

施耐德医生之所以这么答是因为检测报告显示病人的血压正常，头颅血管MRA正常，没有颈椎病，倒地后也无骨折现象。换言之，这是个身体健康的人。

"实话告诉你，"卡斯帕先生说，"外交工作的压力很大，以前我也曾昏眩过，只是没这次厉害。"

"知道了，我让护士给您补充点儿营养液。"

施耐德医生答完，步出诊疗室，此时在外守候的记者全一涌而上。

"大使先生因为案牍劳形，所以引发眩晕，估计休息一两天就能恢复正常。"医生面对镜头说。

接下来的两天，驻S国的各国使节纷纷前来探望，连S国总统也亲自慰问，把医院挤得水泄不通。

出院时，卡斯帕先生紧紧握住施耐德医生的手，说："我代表F国谢谢你！"

“哪里，小事一桩，不足挂齿。”医生答
。

“哪里，小事一桩，不足挂齿。”医生答

贝琪不久前才离婚，虽然医生的收入不错，但单亲妈妈的压力大，尤其前夫还拒付赡养费，让她头疼不已。

这一天，贝琪收到大学同学卡米拉的二婚请帖，心中有了主意。

进入婚礼现场前，贝琪把儿子叫过来，说："待会儿若有人问你几岁，你答八岁，还有，你今天叫雷蒙·卡里。"

"不，我六岁，而且我叫史蒂芬·卡里。"

贝琪早有准备，她告诉儿子今天是"假装日"，就好比学校有"红色日"一样。

"红色日要穿上红色的衣服，所以假装日就要假装，对不对？"儿子问。

"太对了，你真聪明！"贝琪高兴地答。

搞定儿子后，一大一小牵着手走进举办婚礼的庄园。

"嗨！好久不见，妳好吗？"庄园主人向贝琪打招呼，他是新娘子的父亲。

"很好，"贝琪拨开额头的刘海，"终于结束不幸福的婚姻。"

"那……恭喜了，这是妳的孩子？"

"是的。"

于是庄园主人问小家伙几岁了？叫什么名字？

当得知贝琪的儿子八岁，并且与他同名时，颇为震惊。

"雷蒙这个名字是为了纪念他的生父。"贝琪表情哀伤地说。

"生父？"

"是的，这也是我匆匆走入婚姻的原因，可惜谎言终究还是被拆穿，现在我一个人带着孩子，经济压力颇大。"

婚礼过后没多久，贝琪收到一笔款，比当年读医学院所需的学费还要多。

"这个糖爸爸可真大方！"贝琪心想。

（注：糖爸爸乃指有钱的老男人以金钱或礼物博取年轻女孩的欢心，女孩则提供陪伴，两人的关系往往逾越道德层面。）

（642）

当别的退休人员在安享天年、含饴弄孙之际，严大妈每天清晨即起，吃过简单的早餐后便出门。

在油锅前站了一整天之后，严大妈终于回到家。踌躇片刻，她还是决定给儿子打电话，上次通话还是一个多月前，时间已经隔得够久，他应该不会不耐烦才是。

"儿啊！最近怎么样？"严大妈问。

"小宝感冒了。"

"感冒了？那我不说了，你好好照顾孩子，也好好照顾自己。"

"知道了。"

挂断电话，严大妈呆了好一会儿。这次流感来势汹汹，她也不幸中招，等人一挺过来，立马上工，谁让她手停口停，而这些困境，儿子是不会知道的。

时间往前推25年，钢琴老师对严大妈说：“妳儿子是我看过最具天份的，只要好好栽培，会是第二个傅聪。”

傅聪的成就有目共睹，她多希望儿子也能成为大师级人物，光宗耀祖、名利双收的同时，自己也能跟着沾光，于是竭尽全力“投资”，这包括时间、精力和她原本就不多的工资。

然而事情并没有往她设想的方向发展，严大妈的儿子后来成为音乐学院附属中学的一名教师（还是挤破头得到的），偶尔接些私活或担任钢琴比赛的评委，所得只够维持一个小家的开销。如此一来，严大妈自然不好意思成为儿子的负担，退休后又继续工作，还是出卖劳力的那种。

午夜梦回，严大妈不免感慨还是老外看得远，没有养儿防老的观念，也就不会让自己的晚年捉襟见肘。哪像她，一股脑儿地下了全部的筹码，现在落到这步田地又能怪谁？

（643）

比格尔第一次跟女学生发生性关系时还满脑子罗曼蒂克的想法，但更改试卷成绩后再见女生，那满脸嫌弃的表情让他心寒，从此不再参杂个人情感，至于后来东窗事发，那是因为遇到一个贪心的疯子，不止要求过关，还得将分数拉高到一个不可能的数字。基于风险系数太高，比格尔果断拒绝，这才有了被校长叫到校长室单独说话的一幕。

"这是怎么回事？"校长把一封举报信甩到桌上，"如果此事传开，你会有大麻烦，连带也会波及到我。"

比格尔拿起来一看，立刻把那个婊子恨得牙痒痒的。

"对不起，我无话可说。"他答。

后来校长让比格尔主动辞职，这件事就这么翻篇了，如果不是一年后获知该名女生以荣誉学生的身份毕业，他还以为校长纯洁得像一张白纸……

（644）

杰克一直怀疑哈立德待他不公，同样打扫烟囱，他被派到的总是最窄、最脏且要求最多的人家。

这一天，哈立德要杰克速到蜂蜜巷25号打扫烟囱，盖瑞可以晚点儿再出发，因为面包路100号的屋主目前不在家。

听到这个，杰克故意闹肚疼，哈立德只好把紧急的工作交给盖瑞。等杰克从厕所出来，面包路100号的工作自然落到他头上。

"太好了，终于分到一份好差事！"他心想。

当杰克离开面包路100号时，全身脏得像根煤炭，那是因为雇主一直不满意，他被迫扫了又扫之故。

回去之后，杰克告诉盖瑞自己如何错怪哈立德。

"你也真是的，"盖瑞边答边摇头，"这工作本身就是坨屎，也只有你在乎分到的是绿色屎还是褐色屎。我就不在乎，不管什么颜色，全一口吞，这才不为难自己。"

（645）

荣幼妃是一所医院的护士长，她的公公不久前中风，医院上下都等着看事情发展，结果她为公公请了个护工，自己照常上下班。舆论为此闹了好一阵子，几名"资深"护士更是站在对立面，认为自己的公公中风，理应辞职回家照顾才对，不过也只是私下说说而已，当遇到荣幼妃时，可从来不"哪壶不开提哪壶"。

当荣幼妃晋升到高级管理阶层时，护士长的职位落到资深护士姜丹的头上，她等待这一刻已经许久，哪知跟着一起降临的是个噩耗——她的婆婆被诊断患上阿尔兹海默症。

姜丹没有犹豫，立即为婆婆请了个护工，自己照常上下班。舆论为此闹了好一阵子，几名"资深"护士更是站在对立面，认为自己的婆婆痴呆，理应辞职回家照顾才对，不过也只是私下说说而已，当遇到姜丹时，可从来不"哪壶不开提哪壶"……

（646）

鲁本的公司陷入困境，卖与不卖让他犹豫不决，尤其对方的开价虽不满意，但可接受，他害怕错过这个，再也无人出价。

考虑再三，他决定出售这个耗尽他二十年心血所创办的公司，然而就在签约前，意外发生了。

"艾普先生，我方现在的出价是4.5亿元。"对方律师说。

"什么？！"鲁本怒发冲冠，"说好的7亿元呢？"

"商场瞬息万变，目前贵公司就值这个价。"

7亿元尚且是鸡肋，何况4.5亿元？鲁本直说不可能，双方不欢而散。

夜里，鲁本哭得像个孩子，他的医生老婆安慰他："没事，最糟的情况是破产，倘若真的发生，大不了我养你！"

有了老婆的支持，鲁本重新调整步伐，加上国家新出了优惠政策，他算赶上这波红利，公司不仅起死回生，还蓬勃发展，最近甚至有收购M公司的打算。

"卡特先生，我方现在的出价是2亿元。"鲁本雇用的律师说。

"什么？！"M公司的创始人怒发冲冠，"说好的5亿元呢？"

"商场瞬息万变，目前贵公司就值这个价。"

律师说话的同时，坐在一旁的鲁本摘下他的眼镜擦拭，一副"爱卖不卖"的神情……

（647）

姚一博的家族都是名人，唯独他默默无闻，而且一时也看不出有任何潜能。

"一博，你对未来有什么规划？"姚父问他。

"没什么规划。"

"去你二叔那里实习怎么样？"

"我对法律事务不感兴趣，何况我也不是学那个专业出身。"

姚一博毕业于某大学中文系，说他对中国文学感兴趣也未必，只是分数刚好到了，而他又需要一张大学文凭。

"那么到你大舅那里去，我猜大学院校总会需要这方面的人才。"姚父继续说。

姚一博还是兴致索然，不过看家族每个人都有事忙，他觉得自己"好像"也该找件事情做做，于是开始研究甲骨文，这一研究，竟然成为这方面的翘楚。

你若问他如何办到？他也答不出个所以然。

反观卫一舟，他的家族都默默无闻，只有他一人还算争气，是村里唯一的大学生。

"一舟，你大学毕业后想干啥？"卫父问他。

"我想到大城市打拼。"

"别别别，阿庆嫂的儿子到大城市，一事无成不说，还欠下好多钱，你还是待在村里吧！这里的中学正需要一位教书先生。"

卫一舟兴趣缺缺，不过看家族每个人都很安于现状，他觉得自己"好像"太积极了，于是接受了那份教职，这一教，竟然成为中国十佳乡村教师。

你若问他如何办到？他也答不出个所以
然。

你若问他如何办到？他也答不出个所以
然。

尹静香是财阀之女，天生反骨，父母为了将来不出丑闻，强行给她安排一个温良恭俭让的男人，可惜尹静香不珍惜，各种挑刺，再怎么脾气好，男人也会受不了，终于有一天爆发了。

"不，你不许跟我分手，我改，我改还不行吗？"尹静香哀求着。

然而男人已经受够了，说什么也不愿再侍候豪门大小姐。

"滚！"她幡然变脸，"没有你，我照样活得精彩！"

说尹静香爱过那个男人，倒也不是，她穷得只剩钱，如今连钱也留不住人，那才是最伤的。

（649）

当许家珍决定嫁给杨士民时，她父母全力阻拦，后来见女儿心意已决，遂将矛头指向穷小子，冷嘲热讽不说，还试图塞钱让他走，反正闹得很不愉快。谁能想到当年全身上下没一处好的杨士民婚后会步步高升，几年后甚至搬进面对江景的豪华公寓。

这一天，在女儿家做客的许母看到女婿衣着光鲜地出门，而自己的女儿却蓬头垢面，忍不住说："小珍，在家也得化化妆。"

"在自己家里，化妆给谁看？"

"当然是你老公啊！"许母停顿了一下，"对了，士民是不是喜欢吃大闸蟹？"

"喜欢是喜欢，但现在不是大闸蟹盛产的季节。"

"我上海鲜市场找找，总会有的。"

后来许母买到两只过季的大闸蟹，由于不够肥美，还频频向女婿致歉……

（650）

曾子祥放弃程序员的工作，一心扑在悬疑小说的创作上，期望有朝一日自己也能成为像柯南道尔那样的大师级人物，可惜愿望还没实现，他便落到接近无米可炊的境地，他的朋友看不下去，建议他不妨写剧本试试，那个来钱快。

已经走投无路的曾子祥想想也对，反正都是文字创作，也算不忘初心，遂把近期最为满意的一部作品《隧道谋杀案》改编为剧本。

剧本完成后，他投了几家，很幸运，有一家伸来橄榄枝，只是……

"曾老师，你改剧本快不快？"

"改剧本？"

"是的，片场的突发状况很多，随时得因势利导。"

"我……试试！"

后来《隧道谋杀案》的片名改为《火车怪咖》，悬疑片也成了黑色恐怖片，最离谱的是编剧竟从原来的一人增至三人（除了曾子祥和导演外，还包括带资进组的男主角）。

片子杀青后，曾子祥回到出租屋。琢磨再三，他把电脑文档调出来，啪啪啪地将《隧道谋杀案》的书名改为《火车怪咖》，并且大面积更改书中内容，因为制片人说80%的尾款得看票房，卖得好才有钱拿，所以他打算在片子上映前将小说修改完毕，也许还赶得上这波热潮，不致于白忙一场。

（651）

彭浩与江静芳已交往五年，感情甚笃，是时候谈婚论嫁，但江家提出的彩礼高达六十万元，让彭浩犯难。

"芳，六十万元我家不是借不到，但这个债务不能算在我父母头上，日后得由我俩来还。"他说。

"我知道，但我弟总得结婚，你若不付，他哪有钱付彩礼？"江静芳答。

彭浩灵机一动，这个陋习何不由他和女友来打破？就像骨牌效应一样，嫁女儿拿不到彩礼，所以娶媳妇也不付彩礼，如此一来，陋习自然消失，岂不皆大欢喜？此举也算为后人谋福利。

江静芳犹豫再三，最后点头同意，因为从小到大，她为这个弟弟礼让太多，如果婚后还因此背上一身债务，何时才是个头？

听说自己的女儿裸婚，江父、江母暴跳如雷，扬言没这个女儿，两家从此互不往来。至于后来这个"壮举"有没有替后人谋福利？彭浩不关心，江静芳也不关心。

（652）

自从大女儿塔莉亚去世后，家里怪事连连（譬如抽屉会忽然打开、已经坏了许久的灯泡会闪个不停等）。阿琳娜认为是死去的女儿有话对她说，所以请来灵媒。

"妳的女儿无法接受死亡的事实，所以留在家里不愿离去，这对她来说是不好的，她应该早日进入轮回。"灵媒作法过后答。

薇拉是塔莉亚的妹妹，她问怎样才能让姐姐离开这个屋子？

灵媒表示只要把死者生前常用的杯子倒扣在母亲的床底下即可。

待灵媒离去后，薇拉找来塔莉亚最喜欢的马克杯，按照灵媒的指示，将它倒扣在阿琳娜的床底下。

数日过后，家里的怪事依旧接连发生，莫非灵媒的话不准？

好奇的薇拉趴在地上查看杯子，结果发现母亲的床底下空无一物。不仅如此，所有姐姐用过的杯子皆不翼而飞。

"妈，塔莉亚的杯子全不见了。"她说。

"是吗？"阿琳娜没有停下洗碗的动作，"也许被小偷偷走了吧？！"

薇拉还想说什么，但看到母亲脸上洋溢着幸福的笑容，她决定还是把话深藏在心里……

今天，广告部的曹子健到厨房间取水喝，他的小组成员之一潘惠红跟了过来，满脸严肃地说："我有话对你说。"

"什么事？说吧！"他边喝水边答。

"我……爱上你了，已经五个多月，每天不停地、不停地想你，实在太痛苦了。"

曹子健听完吓得喷出一口水，这一幕全被会计部的柏雪兰看在眼里。

"我……我们不合适，抱歉！"话一答完，曹子健落荒而逃。

当夜，曹子健彻底失眠了。根据潘惠红的说法，她已经"暗恋"他五个多月，可是他愣是没感觉到，反而从她的眼神里捕捉到似有似无的厌恶和鄙视（也难怪，曹子健长得其貌不扬，学历也不高，会当上组长全凭勤奋和早入行）。

隔天，曹子健把杨嘉纹叫到办公室，说：" 相信妳已经耳闻我们组将和另一组合并，不再需要那么多人了。"

" 你的意思是我被开除了？ "

" 是的。"

" 潘惠红呢？ "

" 她……她留下来。"

杨嘉纹被当头一棒，论资历，她和潘惠红都是新进人员，拿新人开刀无可厚非，但怎么也轮不到自己才是，因为潘惠红的浑水摸鱼已经到了人神共愤的程度。

曹子健又何尝不知道？但此时若开了潘惠红，难免落人口实——他看不上人家，所以公报私仇。

下班后，曹子健在停车场巧遇潘惠红，结果她那厌恶和鄙视的眼神又回来了……

我是个畅销书作家，每年光纳税就缴了数百万元，发一条微博，能有上千万人帮我转发。

我是个畅销书作家，新书还未完成，已有数十家出版社为我争得你死我活，甚至预约下一本书（连第一个字都还未产出）的出版权。

我是个畅销书作家，由于时间宝贵和害怕被绑架，家里雇用了十多名佣人及保镖。不仅如此，我还有个专家团队帮我理财，这样才能确保我的财富只多不少。

我是个畅销书作家，书被翻译成各国文字，想当然尔，我的秘书必得精明能干且精通各种语言，否则如何帮我洽谈国际出版业务？

我是个畅销书作家，我是个畅销书作家，我是……不说了，家里的蟑螂成灾，我得到小卖部买杀虫剂去！

（655）

为了卖掉手中的女性内衣，卡卡雇了几名女子在摊位前走秀，果然一下子就卖光存货，只是没多久他就被警方逮捕，罪名是妨害风化。

在监狱里，卡卡告诉狱友他是怎么进来的。

"你这个太低端了，难怪被抓。"狱友答，"看过ViVi秀没？台上模特儿穿的还少吗？"

卡卡还真没看过ViVi秀，于是央求狱友告诉他是怎么回事，当得知这是美国的女性内衣品牌所举办的年度时装表演，也曾在本地演出时，眼前一亮。

出狱后，卡卡雇了几名洋女人在摊位前走秀，果然一下子就卖光存货，只是没多久他又被警方逮捕，罪名还是妨害风化。

卡卡不干了，质问警察为什么不去抓ViVi秀的主办人？同样都是洋女人走內衣秀，不是吗？

"这是个好问题，"警察思考了一下，"也许你本人该换个肤色。"

当网络文学蓬勃发展时，潮男二狗子前前后后卖掉手中的二十多本小说版权，进账一百多万元，如今期限一个个到期，并且皆无续约的意向，他陷入了困境之中……

"这是五年前的旧小说。"某个编辑对他说。

"没错，但一样能卖，不是吗？"他讨好地答。

"卖是能卖，但肯定不好卖，否则原来的出版社怎会不续签？"

这是实情，于是潮男二狗子主动降价，该编辑也就勉为其难地答应了，可是就在原稿送出的第二天，一则留言翩然而至，问他是否误发了稿子？这是草稿，不是正文。

这叫潮男二狗子如何回答？所谓的日更网文拼的是手速，他哪有时间去斟酌字句？

当他做出如上解释，并且暗示对方可润色（像之前的编辑一样）时，却遭果断拒绝。

"那……我改改。"他答。

后来潮男二狗子并没有更改小说內容，而是寻觅其他出版社(刚成立的尤佳)或菜鸟编辑，在他看来，这可比重新润色自己的作品要省时、省力多了。

为了让侵略战争合理化，侵略者的借口五花八门，最可恨的莫过于"解放被侵略者"，言下之意——打你是为你好……

当历史老师在台上侃侃而谈时，台下学生无不愤慨，这是得了便宜又卖乖啊！

下课后，几名学生聚在一起聊天，王国维提到昨天他看了场马戏团表演，感觉很不舒服，因为那是靠动物做表演敛财……

"话不能这么说，如果不表演，它们哪有东西吃？"

“对，至少待在马戏团里是安全的，也不用担心恶劣的天气。”

“还有一点，大自然下的动物很多都是母子生离死别，在马戏团里，至少避免了这种悲剧。”

······

王国维忽然想到方才上课时历史老师说过的话，不禁脊背发凉。

（658）

李洁有癫痫病，发作起来会有意识丧失、肢体抽搐、口吐白沫等症状，甚至自咬舌头，给她的生活带来极大的不便，而这还不是最伤的，最伤的是这病竟然是亲生母亲带给她的。

"李洁，妳的母亲已经命在旦夕，她想见妳一面。"福利院的刘老师对她说。

"不见！"她果断拒绝。

别怪李洁心狠，当初母亲趁护士不注意，把刚出生没多久的她重重摔在地上，这与李洁后来的癫痫病脱不了干系。

没想到几天过后，李洁忽然改主意，表示愿意见生母一面，于是刘老师把她带

到加护病房，并且很快找了个借口离开
。

"妳来了。"李母微笑着伸出手来，"已
经长这么大，还那么漂亮。"

李洁并没有握住那双瘦骨嶙峋的手，而
是心中冷哼："妳也有这一天！"

接下来不论李母如何试着拉近彼此的距
离，李洁全程冷漠。

"我知道妳肯定恨我，但当时的我过得
很糟糕，所以不想让妳跟着受苦，这全
是我的错，妳怪我也是应该的。"

"不，我应该感谢妳让我一出生就没有
父母陪伴，还落了个癫痫病。"

李母没说话，只是默默流泪。

母女相会后的当晚，李母便与世长辞。
李洁听闻后，无一丝悲伤。

几个礼拜后，李洁到电视间看电视，当
时正播放东南亚大象的悲惨境况（譬如
稍一懈怠就会被驯象师用一根带钩子的
金属棒击打头部或用针扎鼻子，超时工
作更是家常便饭），接着画面一转，一
头刚生下小象的母象忽然发了疯似地猛
踩自己的孩子，工作人员既要阻止体型

庞大的母象继续伤害小象，又要避免自己被象脚踩伤，场面一度混乱……

此时，李洁忽然号啕大哭起来，一旁的薛老师忙安慰她："母象太痛苦了，所以不希望小象跟自己一样活受罪。"

不说则已，一说，李洁哭得更是撕心裂肺。

百米赛跑的世界纪录是9秒58，向禹愣是跑了18秒，这个成绩太一般了，但在哪里倒下就得在哪里爬起，于是接下来的十年里，向禹把大部分的时间和精力都放在跑步上，目标是进入国家队，甚至打破世界纪录，然而现实却给了他重重的一拳——十年的时间换来的不过是4秒的进步，这个成绩甚至比不上某些跑得快的小学生。

心灰意冷下，向禹不得不重新考虑未来的路。

"你何不学习烹饪？"他的父亲说，"人总要吃饭，有了证书，找工作也容易些。"

向禹接受了父亲的建议，因为他平常就喜欢在厨房里大显身手，所以不排斥在烹饪上更上一层楼。很快，他的杰出表现获得了指导老师的认可与青睐，后来还被推荐到当地最有名的餐厅当下手。几年过后，他以乘坐喷射机的速度升为二厨，而当主厨辞职单干时，他便取代了那个位置（这条路他走了十年）。

向禹前后用了二十年的时间来证明他是个"跑不快的餐厅主厨"，你呢？你用了多少年？

生三三两两地从考场出来，Tim一副失魂落魄的样子。

"你怎么了？"John问。

"我完蛋了，学校说这次补考若再没通过，我只能退学了。"Tim眼眶含泪，"如果让我父亲知道了，他肯定会打死我。"

Tim的父亲脾气暴躁，动不动就拳脚相向，打死人也不是不可能。

"别担心，你肯定能通过考试！"John安慰他。

一个礼拜后，Tim被叫到校长室，原来他的补考成绩从F变成D，恰好越过吉格线。

"说！是不是你干的？"校长问。

"不是我干的，我发誓。"

此时，办公室内穿军服的第三人说："别害怕，只要说明你是如何办到的，不会给你带来麻烦。"

Tim心想这是睁眼说瞎话，怎么可能没麻烦？否则穿制服的人就不会出现在这里了。

"不是我，绝对不是我。"他边摇头边答。

"你仔细想想有谁会如此善心帮助你？"穿军服的人盯着Tim的眼睛，"如果没有这么一个人，那么我认定就是你了。"

话甫歇，Tim立即联想到John，但仍守口如瓶。

他的表现让校长耐心尽失，扬言若不供出是谁，今天就会被带走；反之，学校将不予追究这次的篡改事件，默认成绩吉格。

Tim天人交战一番后，供出可疑人的名字。

隔天，John没有到校，这让Tim很是不安，决定放学后到他家瞧瞧，结果发现人去楼空。

这则消息很快传开，镇上的人议论纷纷，只有Tim知道个中缘由，并且怀着内疚度过接下来的悠悠岁月。

某天，已届不惑之年的Tim在一个旅游景点遇到一个似曾相识的人。

"你……你是John？"Tim拦下那人问。

"不，你认错人了。"

神似John的人和他的女伴走了之后，Tim心情低落地走进附近的咖啡店内。等他喝完咖啡，一个人不请自来地坐在他对面的位子上。

"你……"

还没等Tim说完，那人答："我是John，但我现在不叫这个名。"

名字是啥不重要，重要的是Tim终于见到魂牵梦萦的人。当他道出这么多年来的悔恨与煎熬时，数度哽咽。

John拍拍他的臂膀，说："我接受你的道歉，所以别再为此事烦恼了。"

Tim感动之余，不免问："你住哪里？哪天我登门拜访。"

"我的工作性质比较特殊，所以以后还是别联系了。"

"你……"Tim灵光一闪，"你该不会是……"

"是的，说来这工作还是你给的。"

这下子拨云见日，Tim终于真正释怀了。

（661）

谢明轩站在月台上等火车，一位老人步履蹒跚地走向站台的边缘。此时，一个邪恶的念头钻进谢明轩的脑子里，他很想推老人一把，可是下一秒钟便打消主意，因为损失成本太大了。

同一时间，Spencer也站在月台上等火车，一位老人同样步履蹒跚地走向站台的边缘。此时，一个邪恶的念头钻进Spencer的脑子里，他立即上前推了老人一把，然后冷漠地看着那个可怜人躺在轨道间呼救……

Spencer后来被捕，法官问他为什么要推老人？

"他走路太慢，我讨厌走路慢的人。"Spencer答。

法官最后判Spencer入狱一年。

出狱后的Spencer依旧到处惹事生非，因为这个国家不实行连坐（错误完全由自己承担，祸不及家人），损失成本太低，难怪犯罪率居高不下。

（662）

告诉你一个秘密——我是一名重度性瘾者。

老公说我该看心理医生，于是我预约了钟医生的门诊，然后在那个小小的诊疗室里，我和医生干了那事。

"妳的病情很严重，"钟医生边说边整理自己的衣服，"所以需要天天就诊，待会儿记得跟前台预约时间。"

自从"天天"看医生之后，我的病情没有转好，反而更加严重。

"妳不是看过医生了吗？怎么需求还是那么高？"老公不解地问。

"不知道，也许光看一位医生是不够的。"我答。

后来我预约了本市所有的男性心理医生，在排除了"力不从心"和"不解风情"的人选后，成功留下八位。

现在老公很满意，他说医生真的解决了我的问题和他的问题（其实老公还遗漏了一点——我同时也解决了别人的问题）。

 K哥是首富之子，同时也是一名网红。当他把父亲给的两千万元创业基金全部亏空后，激化了家庭矛盾，差点儿"被"断绝父子关系。

"才多大点儿事？不过两千万元而已。"K哥说。

"不过两千万元而已？"首富扬起声，"你倒是还我呀！"

本来K哥还想给父亲留面子，但看形势，给不了了。当晚，K哥首次开直播，光打赏就收到手软，不到一个礼拜的时间便将两千万元如数奉还。

"拜托，"K哥对父亲说，"以后别再提你曾给过我两千万元的事，那是个耻辱，事实证明我随随便便就能赚到。还有，你的员工打赏我也就算了，网名还是城市名加工号，这不是让人看笑话吗？”

"我没让他们打赏你。"首富答。

K哥看着自己的父亲，意味深长。

首富恍然大悟，这帮狗腿子……

（664）

有一天，上帝对Davis夫妇说：“我将送个小孩给你们。”

“我们会得到什么？”Davis先生问。

“你们将重温儿时的记忆和享受爱的互动。”上帝答。

“我们的经济条件一般，这个孩子会给我们带来财富吗？”Davis太太接着问。

“也许会有精神上的财富，但物质上的财富一般不会有。事实上，花在这个孩子身上的钱很可能占据你们家庭支出的绝大部分。”上帝又答。

Davis夫妇讨论一番后，决定帮上帝解忧，毕竟有那么多的新生命等待降生，如果大家都不帮忙，上帝岂不头疼？

又有一天，上帝对Lee夫妇说："我将送个小孩给你们。"

"我们会得到什么？"Lee先生问。

"你们将重温儿时的记忆和享受爱的互动。"上帝答。

"我们的经济条件一般，这个孩子会给我们带来财富吗？"Lee太太接着问。

"也许会有精神上的财富，但物质上的财富一般不会有。事实上，花在这个孩子身上的钱很可能占据你们家庭支出的绝大部分。"上帝又答。

Lee夫妇讨论一番后，决定要这个孩子，因为他们所处国家的福利做得不好，养孩子等于买了个老年保险，不无裨益。与此同时，为了让保单赔付金额能达到最佳，夫妻俩还商量着从此勒紧裤腰带过日子，把省下来的钱全用来投保（栽培孩子），并且为此自我感动不已……

（665）

今天是尤长青搬家的日子，一大早便忙里忙外，当他把全部家当都搬上货车时，狗在他脚边蹦蹦跳跳，很是兴奋的样子。

尤长青考虑了一下，还是让狗上车。

几天过后，人们发现有一只狗待在公路旁良久，凡有大车经过，它便吠上几声，可惜没有一辆为它停留。

住在附近的金大婶看了于心不忍，她为狗送上吃食。狗虽没拒绝她的善意，却不肯跟她回家，因为主人曾对它说："你待在这里别动，如果有人愿意给你一个家，你就跟他走，知道不？"

直到目前为止，还没有一个人给它一个
"Jia"，所以它绝对不能走。

（666）

与冷眼大叔解约后，蒙七出版社的钱社长烦恼到不行，当初首印四千本，心想凭着冷眼大叔的名气，怎么也得印个五、六版（也就是两万本往上），哪知连首印都没卖完，现在仓库里堆积着两千多本《大漠荒烟》，钱社长一个头两个大，尤其五年的签约期限已至（再续是不可能的），按约定，出版社不能再出售此书，这岂不是将钱全扔进大海里？

钱社长左思右想，最后决定以出版社的名义支持再生资源回收。当收废品的大叔上门想把书搬到车上时，钱社长给了他两百元，说："我以个人的名义买下这些书，你可以走了。"

大叔一头雾水，但再一想，平白得到两百元，何乐而不为？于是收钱走人。

整个过程全被监控拍下，包括声音。

现在钱社长终于能把书挂在二手交易平台上出售，收入刚好拿来贴补出版社的损失，不无裨益。

（667）

中国人和瑞士人聊天，中国人说：“我们国家的人很勤劳，不是996，就是711。”

瑞士人说：“我们国家的人也很勤劳，不是在山上晒太阳，就是在山下晒太阳。”

中国人说：“晒太阳算不上勤劳，因为没有劳动。”

瑞士人想了想，答：“我们国家的人也很勤劳，不是在山上‘数’星星，就是在山下‘数’星星。”

. . .

（注1：996是指每天上午9点上班，晚上9点下班，一周工作6天的工作制度；711是指每周工作7天，每天工作11个小时的工作制度。）

（668）

今天，林心曼去食堂吃饭，打菜阿姨给了她一块超大猪排（是所有猪排当中最大的一个），而且味道棒极了，以致回宿舍后，她忍不住述说自己的好运气。

曾宇秋感觉很不可思议，一块猪排而已，值得如此高兴？

"宇秋，妳今天中午吃啥？"林心曼转而问她。

"面。"

"什么面？"

"红油猪肝面。"

"什么味道？"

曾宇秋从没想过会是什么味道，经此一问，她努力回想，好像有点儿咸，又有点儿辣。

林心曼紧接着问猪肝腥不腥？咬起来弹不弹牙？

曾宇秋又想了想，答："不腥，咬起来……应该算弹牙，总体来说，味道还不错。"

"妳的午餐听起来很可口，看来妳也有好运气。"

曾宇秋心里嘀咕着："这算哪门子的好运气？"

当晚，曾宇秋叫外卖，结果在炒时蔬里发现一根头发，顿时食欲全无，再想到中午与室友的对话，幡然醒悟——原来生活中的好运气一直都有，相形之下，坏运气反倒屈指可数。

（669）

那一年，我从师范大学毕业，很幸运地进入一所声誉很好的学校，带的是四年级的小学生，他们个个活泼且精力充沛，所以当年级主任告诉我班上有个"特殊"孩子时，着实有些意外。

"叶修看起来很正常呀!"我说。

"看起来是正常，"年级主任答，"但他的父母每个星期都会送他去做心理治疗，所以应该是有不正常的地方，反正妳多注意就是。"

正因为这段对话，我特别留意起叶修这个孩子，发现他除了偶尔有不做功课的情况，也不爱说话外，还没到无法忍受的地步，所以慢慢将心思放在别的地方，尤其同校的崔老师开始对我投来关爱的眼神，这让已经单了两年的我有些心神不宁和不知所措。

这一天，当我走进教室，发现桌上有一朵小黄花，瓶子是用饮料瓶剪裁的，瓶口修剪得整整齐齐。

"是哪个小可爱送我花?"我问那一张张无邪的小脸。

等了几秒钟，才等来微弱的声音："是叶修送的。"

"不是我！"叶修快速站起来，并且用力去推许志玲，"谁让妳说是我?"

我赶忙过去拉开叶修，告诉他推人是不对的，接着要他向许志玲道歉，然而他死活不肯，我只好转而跟全班学生普及"君子动口不动手"的真谛，这件事就这么不了了之了。哪知午休时间（我也趴在桌上假寐），班里忽然传来骚动，我抬起头，看到几双睁开的眼睛，再观察四周，似乎没什么异样，于是示意那几名没睡着的孩子闭眼休息。

"老师，"班代表忽然开口，"叶修把沙子放进许志玲的可乐里。"

我站起来查看，发现开着的易开罐瓶口的确有沙子的痕迹。

"叶修，是你做的吗？"我问。

他三缄其口，于是我把他叫到教室外说教，不外同学间要友好相处，不可以有报复心……等。

说完后，我问他听懂了没？

他没回答，反而问我会不会打电话给他的父母？

我愣住了，这倒提醒我还没和他的父母好好谈一谈。

"你希望我打电话给你的父母吗?"我反问。

"不希望。"

"那我不打了，但你要答应我当个好孩子。"

"……好。"

接下来，叶修果然没再闹事，事实上，他老实安静地像"查无此人"，我也慢慢忘记年级主任的提醒——他是一名特殊学生。

时序进入来年春末，某天，崔老师约我放学后在学校的体育用品器材室见面。我磨磨蹭蹭，直到时间已经很晚了（学校的教职员工"应该"都走光了）才赴约。

"你怎能这样？"我一见那男人就声泪俱下，"有老婆也不跟我说一声，害我被迫当了小三。"

"啧啧啧！我和她又没领证，怎能称老婆？乖，我是最爱妳的。"

我一把推开他试图拥抱我的手，哭得梨花带雨。

"随便妳，反正事情闹大了，妳也不好过。"

崔正源放下狠话后走了，我才懊恼自己把事情弄拧了，本来想找他商量肚里孩子的去留，这下子该怎么办？

"老师……"

听到声音，我慌张地背过身去，等拭干脸上的泪痕才转身。

"叶修，你怎么在这里？"我问。

原本站在门口的叶修走了进来，悄悄递给我一包纸巾，什么话都没说。

这勾起我的伤心事，我抱住他，边哭边说："你真是个好孩子!"

接下来的几天，我和崔正源形同陌路，但对叶修却萌生"共患难"的情谊，凡事都多照顾他一些。他大概也感受到了，因为我的桌上又出现了用饮料瓶子装着的小花，一天一朵，不带重样。

时间匆匆又过去几个礼拜，虽然我试着不往坏里想，但怀孕所带来的不适已经严重影响到我的正常生活，让我不得不做出残忍的决定，时间就定在今日。哪晓得一走出家门口，我就被崔正源强拉到楼梯间谈判，一言不合，他甩我一耳光，然后扬长而去。

我蹲在地上哭了好一会儿，最后还是决定按照原计划进行。

打胎的过程相当顺利，但由于身子弱，我结结实实在床上躺了一个多礼拜才回到学校，结果一上班就听到噩耗，害我差点儿站不住。

"多……多久以前的事？"我问。

年级主任答："妳请病假后的隔两天，崔老师的家人打电话给学校报死讯，说是车轮胎被人动了手脚，间接造成严重车祸，可惜停车位置是摄像死角，目前还没找到嫌疑人。"

这一天，我基本处于浑浑噩噩的状态，好不容易才熬到下班，正想离开教室时，已经放学的叶修又踅了回来。

"叶修，你是不是有东西落下？"我问。

他摇摇头，然后走过来把一个东西放在我的桌上。我一看，那是一把小刀，刀锋尖锐，闪着寒光……

（670）

宫大妈养了一只爱叫的博美犬，但凡有一点儿风吹草动，准叫得惊天动地，已经被邻居投诉过好几回。

"这只狗很爱叫啊！"做宠物美容的老板说。

"我也没办法，"宫大妈接过刚剪完毛的狗，"买来就这样，大概耳朵太灵敏的缘故。"

不讳言地说，自从当了"铲屎官"之后，宫大妈得到许多欢乐，但也失去很多，譬如她从此得跟长途旅行说拜拜，因为一来狗的寄养费不低，而她的退休金又

159

不高；二来如果把狗留在家里，保准整天叫个不停（邻里关系已经剑拔弩张，她不想再雪上加霜）。

这一天，宫大妈收到侄子的结婚请柬，发现婚礼设在南京，来回得十多个小时，在外留宿成为不可避免的选项。

考虑再三，宫大妈决定将狗送去寄养。

"这只狗很爱叫啊！"做宠物寄养的老板说。

"我知道，我知道。"宫大妈有些难为情地答，因为自己的狗正大叫特叫，"我也没办法啊！亲侄子结婚总不能不去，你说是吧?！"

宫大妈后来坐上高铁参加婚礼去。

多年未见，亲友们个个热情如火，纷纷怂恿她多住几天。盛情难却，她只得留下，回到家时，已是一个礼拜以后的事。

本来宫大妈接狗时还有点儿心虚，害怕店主人会抱怨狗吵，结果一点儿事也没有，这实在太诡异了，她反而主动戳破那层窗户纸。

"我家的狗吵不吵？"她小心地问。

"不吵不吵，"店主人乐呵呵地答，"刚开始还叫，熟了就不叫了。"

宫大妈遂放下心来，可是没多久就发现了问题——回到家的狗不仅"安静"很多，有时唤它也爱搭不理。

"也许它生气我把它送去寄养那么多天，过几日应该会恢复原样。"宫大妈心想。

然而一个月之后，狗仍是一副"高傲淑女"状，让宫大妈颇为纳闷，如果不是帮狗洗澡，估计这个秘密会永远埋藏下去。

"你看看这是什么？"宫大妈摊开手心，"给狗耳朵塞棉花的缺德事也干得出来，就不怕遭天打雷劈？"

店家当然否认，但见宫大妈一副得理不饶人的样子，最后只能道歉兼赔款了事，否则生意根本没法儿做。

收下钱后的宫大妈以胜利者的姿态离开，可是到家后却犯起难来，因为博美犬又开始狂吠，这如何是好？

思来想去，宫大妈做了决定，狗终于"又"不叫了。

“棉花还是得自己塞才放心。”宫大妈喃喃道，同时露出欣慰的笑容。

（671）

自从女儿说会带外孙过来探望，张大爷就天天盼着，好不容易到了约定日，他忽然想到何不在家煮个火锅？一家人坐下来涮锅多热闹，总比上餐厅吃强多了，于是赶忙上市场采买，一次不够，又去了第二次，总算才将菜买齐，就在他准备洗切时，一通电话打来。

"好，好，知道了，妳和俊俊路上小心点儿。"他答。

挂机后，张大爷继续手中的动作，他把所有食材都洗了两遍，再一个个切好，茼蒿切成段，香菇切成十字，胡萝卜切成菱形。忙完这个，张大爷开始准备做肉丸，先把猪前腿肉切成小块，再绞成

163

泥，想到忘了准备调料，他不疾不徐地拿出绞碎机，先是绞葱，接着绞姜，再来绞蒜，最后才绞小米椒，而最后的最后，他把葱姜蒜和小米椒全倒进一个小碗里，取出一些放进肉内，剩下的可以当火锅蘸料。

等一切就绪后，张大爷着手搓肉丸，每颗都圆滚滚的不说，还得通过重量测试，凡超过10克或不及10克都得重新来过。

做完这些，早已过了用餐时间，但张大爷一点儿也不慌张，他有条不紊地将食材一一下锅，看着锅里发出咕噜咕噜的翻滚声，同时冒出腾腾的热气，张大爷的心反倒拔凉拔凉的，今晚又是一个人吃饭，哎……

（672）

天上班途中，卫鹏程被一个短视频博主拦下。

"帅哥，如果今天是你生命中的最后一天，你打算做什么？"那人问。

卫鹏程从没想过这个问题，所以着实花了点儿时间思考，最后才答："我想买束花给老婆，告诉她我爱她，还有，给儿子当马骑，平常我太忙了，很少陪伴他。"

"就这样？"

"就这样。"

短视频博主问完，紧接着采访下一位。卫鹏程心想他被采访的这一段应该会被删除，因为太无趣了。

23:36，忙碌了一整天的卫鹏程终于到家，看到饭桌上有瓶花，遂问："谁买的花？"

"我买的，"他老婆答，"今天是我们结婚五周年纪念日，我以为你会有所表示。"

卫鹏程猛然记起今天早上老婆说了一些奇奇怪怪的话，原来在暗示他。

"对不起，我一忙就忘了，等周末一起补给妳哈！"他说。

"你确定这周末休息？你已经连续加班十多天了，再这么下去，不说身体吃不消，小宝都快认不出你来。"

卫鹏程也知道这是实情，但谁让新来的黄经理不喜欢"老"员工，所以变着花样折磨人，目的是让已经35岁的他主动辞职，可是说这些又有何用？妻子平日照顾这个家已经够辛苦的了，没必要再加重她的心理负担。

"我知道，不管怎样，这周末我一定会匀出时间来，妳放心。"他说。

夜里，卫鹏程翻来覆去，就是睡不着，只好起床服用安眠药。没多久，药效开始发挥，朦朦胧胧中，他看到自己被一个短视频博主拦下，对方问："如果今天是你生命中的最后一天，你打算做什么？"

"我打算把黄经理砍了……噢！不，不能砍，若砍了，小宝连公务员都当不了，所以请把这段话删除。"他重新调整一下思路，"我……我想买束花给老婆，告诉她我爱她，还有，给儿子当马骑，平常我太忙了，很少陪伴他。"

（673）

这一天，N大306室的四个男生相约到小吃街吃火锅，几杯黄酒下肚，一个个成了话痨，把平日积压在心里的话一次说个够，发泄是发泄了，代价便是忘了宿舍的关门时间。

"糟糕！还剩半小时。" 小钟喊着。

其他三人如临大敌，因为学校规定一学期若无故迟归三次得记警告，而这四人已经集体迟归两次了。

这么一琢磨，眼下只能走捷径了。

"真要走小树林？那里不是有鬼吗？" 小庞说。

刚进校门时，学长学姐们就曾告诫过——后山的小树林闹鬼，白天走走还行，晚上切记得绕行。

"能怎么办？"小楚答，"今晚如果不走小树林，肯定被记警告，消息若传回老家，我父母绝不会饶过我。"

小楚的回答引起小李的共鸣，他的家庭特殊，继母十分不同意他上大学，如果此次被记警告，无疑给了老巫婆尚方宝剑，也许下学期他就得跟学校说拜拜，转而进工厂打工。

"我同意走小树林，"小李立马投赞成票，"不同意的可以不跟。"

眼看小楚和小李都同意走小树林，还三心二意的小钟和小庞只好跟上。

提议一经通过，四个人马上行动起来，为了壮胆，他们一走进小树林便唱起军歌，歌声很是嘹亮。

走了约莫五分钟后，发现什么事也没有，小李首先停止唱歌，并且对传说产生质疑。

"我也觉得是很早以前的恶作剧，"小楚立即附合，"目的是吓唬学弟妹，没想到就这么流传下来，真是害人不浅啊！"

话一答完，草丛里发出声音。

"你们听到了吗？"小庞问。

其他三人皆表示听到了。

"我看我们还是快走吧！这里不对劲了。"小钟说。

他们争先恐后地往前走，哪知草丛里的声音也紧随着，四人遂跑起步来，并且越跑越快，最后竟像跑百米冲刺，直接冲进宿舍里，从此"小树林闹鬼"一事被实锤，再也无人敢尝试……

此结果对居住在小树林里的动物来说是件好事，这包括巴掌大的蜥蜴，它们喜欢跳跃在草丛间，行动敏捷且快速。

（674）

今晚，林学仆像往常一样进群，江湖一匹狼敲了他一下，要他到小窗口私聊。

"明天上黄山，你跟不跟?" 江湖一匹狼问他。

"当然跟，还有谁? " 林学仆问。

"别看咱们群里有一百多人，但有诚意的并不多，其中还不乏作乱份子。经过慎重挑选，我只选中你、莎翁和紫苏叶。"

"我得带什么上山? "

"随便，反正有去无回。"

虽然江湖一匹狼说的是实情，但林学仆还是带了两天的口粮和保暖衣物，同时没忘了给当警官的发小留言——明天上黄山，等我的消息。

林学仆没去过黄山，也没什么登山经验，所以隔天爬起来很是吃力。

"大力宝宝，你还好吧？"江湖一匹狼问网名为"大力宝宝"的林学仆。

"很好，没问题。"

"现在这个高度还不行，你忍一忍，大概再爬个一个小时就差不多了。"

听说再爬一个小时就到了，林学仆赶紧喊累，表示自己需要休息一下。

林学仆是四人当中岁数最大的，年纪足以当其他三位的父亲，基于敬老原因，大家同意坐下来休息片刻。

"既然再过一个小时就天人永隔，你们何不说说非死不可的原因？"林学仆对三位后辈说。

结果江湖一匹狼马上阻止，因为现在谈这个已经没多大意义，反而提议每个人都讲一件自己曾做过最人神共愤的事。

林学仆没料到事情会往另一个方向发展，硬是愣了一下。这么一蹉跎，江湖一匹狼已经先坦白自己虐杀了 123 只猫，每只都体无完肤地死去。

"既然你讲了，我也来说一说。"莎翁接棒，"我是一名厨师，每道菜起锅前都会被我加料，大多是口水，有时也有痰或尿液。"

轮到紫苏叶，她胆怯地问："真要说？"

"妳若不说，对我和莎翁就太不公平了！"江湖一匹狼答。

于是紫苏叶坦言自己曾骗婚十多起，其中一人还因人财两失，走上了不归路。

现在江湖一匹狼、莎翁和紫苏叶都把目光摆在大力宝宝（也就是林学仆）身上。

"我……我……"林学仆吞了吞口水，"我不知当不当讲。"

"反正要死了，你的秘密将永远是秘密。"莎翁说。

半年前，林学仆的女儿加入自杀群，并且自杀成功，打从那时候起，林学仆就处心积虑想捣毁这个组织，好不容易获得信任，并且眼看就要解救三条年轻的生命，但此时的他却认为这三人死有余辜。

"我……我很早就死了老婆，一直与女儿相依为命，可是我却在她14岁时性侵了她，并且在往后的日子里持续性侵，导致她堕胎五次，直到半年前才停止下来。"

林学仆话一答完，空气整个冻住了。几秒钟后，江湖一匹狼评论："你是我们当中性质最恶劣的。"

"我知道，所以我想将功补过。"林学仆原本垂下的头骤然抬起，"听着，你们三位还年轻，未来还有无限可能，所以千万别做傻事啊！"

江湖一匹狼一听来气，原来此人是来捣乱的，于是推了大力宝宝一把，后者往后一仰，惨叫声骤起……

"真是死有余辜！"江湖一匹狼望着谷底说。

有一天，邵军在群里看到资助出版的信息，大意是有个作者才华洋溢但苦于无出版社伸来橄榄枝，遂祈求社会大众帮助他自费出书，少则100元，上不封顶。

邵军一看，这是他的强项，于是在群里发言："不用众筹了，我帮你出版，请投稿至……"

以后，邵军又陆续在不同的群里看到类似的求助信息，他一一留言。

三个月后的某天，他的邮箱收到一封陌生人的邮件，上面写着：

· · ·

编辑老师：

您好，我是朝阳读书群的群友马国星，昨天看到您给苏三的留言，心想您是否也能帮我出书？我的小说有**23万字**，已经完结，发给您的除了正文，还有故事简介和作者介绍，请不吝赐教，期待您的回复。

马国星

读完邮件，邵军嘀咕着："怎么来真的？我还没想好怎么拒绝呢！"

（676）

今天，杜枫雅一上社交网站就看到"熟悉的陌生人"，同样的时间（早上七点整），同样的恶意。

"我诅咒你们全家不得好死！"对方留言。

杜枫雅叹了口气，接着拉黑"初风乍起"。

怕已经有好几年了，杜枫雅每天都会被网暴，起初她很淡定，心想再怎么头昏脑热，总有退烧的时候，可是有个人硬是不一般，一年365天，天天"问候"她全家，由于时间皆选在早上七点整，所以即使换网名，她也认得出来。

后来经他人提醒，杜枫雅尝试使用另一个账号登录，可是不过短短几天便被识破（也不知此人是如何发现的），索性破碗破摔，不再折腾。

"鸭鸭，别放在心上。"男友秦胜对她说，"世上的好人永远比坏人多，给妳留言的不也有真心实意待妳好的？若实在受不了，那就别上社交网站，来个眼不见为净。"

话说的没错，世上的好人的确比坏人多，但要做到完全无视很难（谁能忍受每天一大早就被泼脏水？）。糟心的还不止此，天天都有"新人"加入网暴的行列，只是没像前面所提的"蒙面人"那般执着罢了。

"哼！那些坏人巴不得我不上社交网站，我才不遂了他们的意！"杜枫雅答。

在外吃喝玩乐一整天后，杜枫雅终于躺回两百万元一张的Hästens床垫上，房外走廊的另一端睡着她的财阀老爹，绰号"铁公鸡"、"吃人不吐骨头"、"杀千刀的"……

（677）

小郑在市区开了一家面馆，由于小本经营，一开始全是自己来，等生意上了轨道之后，迫于实际需要，才请了两名员工，一个传菜兼收拾桌面，另一个洗碗兼打下手。

这一天熬过中午最繁忙的时段，三人赶紧坐下来吃点儿东西垫垫肚子，就在这时候，一名年轻女子推门而入，表明要找厨师。

"我就是厨师，"小郑站起来，"也是这里的老板，妳有什么事？"

小姑娘一听眼前这位正是她要找的人，眼眶立即含泪，哽咽地说自己是来道谢的，原以为这个城市已经没有值得留恋的地方，打算今晚就离开，没想到中午点外卖时，面里比平常多了三颗鱼丸，这让她感受到久违的温暖，觉得有必要亲自上门答谢。

"哪里哪里，小事一桩，别放在心上。"小郑说。

"不，对我来说这是很大、很大的一件事，所以请收下我的感谢，钱是不多，聊表心意而已。"

结果小郑怎么也不肯收，把小姑娘送出门时，还硬塞了一罐北冰洋在她手里。

趁着郑老板到店外抽烟，传菜员对洗碗工说："真是太阳打西边出来，平常那么抠的人，今天竟然如此大方。"

"妳以为那三颗鱼丸是怎么来的？"洗碗工问。

"他该不会把客人吃剩的……"

"正是。"

传菜员摇摇头，哀叹这个城市还真没什么值得留恋的地方。

（678）

从普吉岛回来后，姚大妈和薛大妈算是彻底决裂了，连招呼都不打一声。

"说好酒店钱她出，结果订的什么破酒店，连牙膏和牙刷都没有。"

知道姚大妈当着众人的面控诉自己的罪状，薛大妈也有话要说："当初的确说好酒店钱由我出，但赶上节日出行，她又说想要离海近、购物方便的酒店，找了好久才找到这么一家性价比高的，而且哪里破了？只是没提供牙膏和牙刷而已，这在国外很常见，根本不值得一提。还有还有，说好吃饭钱由她付，结果去的不是路边摊就是苍蝇小馆，我还没抱怨呢！她倒先告起状来。"

双方针锋相对，眼看裂痕越来越大，热心肠的章大妈遂出面缓颊，说："都是好姐妹，别为了小事伤和气，我看把这次旅行所花的食宿费用列一个清单，然后五五分，岂不皆大欢喜？"

听完章大妈的提议，薛大妈立即表示没问题，反正有酒店的付费证明。

"我有问题，"姚大妈说，"吃的地方只收现金，我哪记得花了多少？"

章大妈想了想，既然如此，那就抓个大概吧！早餐算20元，午餐算50元，晚餐算100元，再加上偶尔喝杯凉的，一天下来算200元吧！

结果薛大妈首先不同意，吃得那么烂，打个对折还差不多。

"哪里烂了？很多老外也这么吃，就妳尊贵！"姚大妈反击完，转向章大妈，"妳是外星人吗？现在的旅游景点哪里还有20元的双人早餐，若有，妳买给我看！"

见好心没好报，章大妈撒手不管了，离去前还扬言没看过比她俩还难搞的人。

"谁难搞了？"姚大妈对着远去的背影翻了翻白眼，"多管闲事！"

"就是说嘛！"薛大妈立即附合，"自己的儿媳妇都搞不定，还来管别人的闲事，简直吃饱了撑着！"

话甫歇，这两个年过半百（其中有一半的时光都是相互扶持）的女人彼此对视，内心感慨万千。

"中午我到社区食堂吃饭。"姚大妈说。

"我也去，若不跟着，妳连汤都不会打。"薛大妈答。

从此以后，姚大妈不再提普吉岛之旅住得不好，薛大妈也同样三缄其口，她俩又像一对好姐妹，焦不离孟，孟不离焦。

（679）

杨子玉离婚了，由于签了婚前协议，除了四百万元，多一个子儿都带不走。

"妳打算怎么办？"她的闺蜜关佳佳问。

"走一步算一步呗！也许先开个便利店，即使生意不好，至少吃喝能拿店里的，不致于太惨。"她答。

两人在茶艺馆里谈了一下午，期间店员多次进包厢问要不要再点些茶食？都被她俩给拒绝了。

"我看我们还是走吧！再待下去，店员的脸不知要臭成什么样了。"关佳佳说。

杨子玉是这家茶艺馆的常客，每次来都点店内最贵的大红袍，可是今天她却点80元一壶的菊花茶，若不是店员提醒包厢有最低消费，她连两百元一盘的小点心都不想点。

走出茶艺馆后，关佳佳说："这种店以后不能来了，四百万元在大城市根本不禁花。"

"知道了。"杨子玉呐呐地答。

她俩后来行经一家水果店，杨子玉说想买点儿水果吃，结果手一伸出去便被闺蜜给制止了，因为贵妃芒果一斤要15元，还没有旁边3元一斤的甜，别看皮皱皱的，可好吃了。

"我……我忽然又不想吃了，咱们走吧！"杨子玉说。

几日过后，关佳佳在杨子玉租处的冰箱内发现了两个巴掌大的芒果，颜色均匀且表皮光滑，果蒂周围没有黑色斑点。

关佳佳拿起芒果，还没质问，杨子玉便梨花带雨地说："能不能对我好一点儿？……呜呜呜……只要一点点儿就好。"

杨子玉流产时没哭，因乳腺癌切除乳房时没哭，小三上门逼宫时没哭，去民政

局领离婚证时没哭……可是现在却为了两
个芒果哭。

"别哭，子玉，咱们不吃3元一斤的，就
吃15元一斤的，乖，别哭。"

关佳佳不说则已，一说，杨子玉的眼泪
像断了线的珍珠，扑簌扑簌地落下……

（680）

昨晚家里开派对，夏曼喝多了，今天一早起来头疼得紧。

"肖老师，给我拿杯蜂蜜水。"夏曼一进客厅便说。

"好的。"

喝完蜂蜜水，宿醉的情况果然有所缓解，看着眼前忙上忙下的年轻女孩，夏曼随口一问："Angela的普通话学得怎么样？"

"挺好的，汉字已经认了不少，还会背《春晓》，下午我接她回家，您可以亲自检验一下。"

"下午我得参加太太们的聚会，哪有时间？"她答，"我信任妳，不用检验了。"

肖老师是一名从国内来的留学生，全名叫什么，夏曼已经记不得了，只因家里需要帮佣，而六岁的女儿刚好也需要中文老师，所以才勉为其难地让年轻的肖老师住进来，还好此人长得丑，杰克应该不会被吸引住。

一年后的某天，夏曼在杰克的白衬衫近袖口处发现一枚口红印。精明如她，表面不动声色，背地里却展开调查，结果很出乎意料。

面对质问，肖老师很快承认，可是杰克却矢口否认。

"好，我走！"肖老师一副决绝的样子，"就算一天打三份工，我也会独自将孩子养大。"

此时，夏曼才知道肖老师怀上了，同表惊讶的还包括杰克。

一向自视甚高的夏曼哪能忍受枕边人长期不忠，且出轨的对象还是样样不如己的丑女？于是一纸离婚书果断寄出。

单身后的夏曼有一段时间很自弃，夜夜笙歌，虽然身边不乏追求者，但她早已心死，直至东尼的出现，才算给晦暗的生活带来曙光。

"你什么时候告诉你太太?"夏曼问。

"很快，有耐心点儿。"

这个回答，东尼重复了三年，夏曼早已耐心尽失。

这一天，两人巫山云雨过后，东尼起身穿衣。

"你太太今晚回家?"夏曼问。

"是的，我答应她到机场接机。"

"路上小心点。"

"知道了。"

东尼出门前不忘抬手给夏曼一个飞吻，白衬衫近袖口处的口红印相当显眼……

（681）

蒋老太太有三个儿子，她与小儿子最亲近，所以由蒋老三来照顾她的晚年生活，再合适不过，可是有人却持反对意见。

"阿琴，"蒋老三对老婆说，"大哥和二哥都同意每月支付一笔生活费给咱们，加上我妈自己有退休金和医保，钱的方面妳可以不用担心。"

"我不是这个意思，而是……"

听完老婆的解释，蒋老三觉得有理，于是给了一个貌似合理的借口，"暂时"把赡养老人的问题丢给大哥和二哥。从此，蒋老太太便轮流在两家住着，久而久之，嫌隙越来越大，最后竟到了无法调和的地步。

"老三，"蒋老太太老泪纵横，"你大嫂和二嫂都对我不好，我想跟你住，行不行？"

"可以是可以，但万一阿琴又对妳不好……"

"不会的，她再不好，也比阿玫和阿金强。放心，我不会抱怨的。"

于是蒋老三把母亲接过去住，蒋老大和蒋老二大松一口气，付钱也付得爽快。再看蒋老三，家里和和美美的，没再听说老人有任何不满（即使有，蒋老太太也无处可去，只能闷声发大财）。

这是最好的结局，不是吗？

毫不夸张地说，只要纪小茹看上的人，无不对她死心塌地，即使遍体鳞伤也绝不喊疼，反而被自己的"为爱痴狂"所感动。

"记住，只要玩点儿小手段，妳就能控制一个人的喜怒哀乐，到最后想怎么着都行，百试不爽。"纪小茹对学员说。

此时，周丽萍举起手来，纪小茹问她有什么想问的？

"像我……像我这样丑的，也能办到吗？"她问。

纪小茹笑眯眯地答："丑不丑没关系，重要的是得有个人魅力，只要按照我说的做，就算母猪也能赛貂蝉。"

后来这期的学员当中，有1/3的人成功与自己的心仪对象结婚，另外的2/3也多有斩获，纪小茹沾沾自喜之余，不禁想起多年前的自己……

"彭皓，别离开我，失去你，我活不下去。"纪小茹哭哭啼啼地说。

彭皓长得其貌不扬，但重在有耐心，对纪小茹鞍前马后且唯命是从，果然历经109天后，两人成了一对，只是不知从何时起，彭皓换了一张脸孔，开始对费尽心思追来的女人百般挑剔，以往的柔情已不复见，纪小茹越想回到从前，就越回不去，得失心太重，以致终日恍恍惚惚……

"妳整天恍恍惚惚的，我是瞎了眼才会看上妳！"彭皓满脸嫌弃地说。

"对不起！"

"妳只会说对不起，总得拿出点儿诚意来。"

"什么意思？"

"打自己耳光，同时说'我是彭皓的狗'。"

纪小茹很难相信这是人会说的话，但仍照做，因为想看看男人是否心疼自己？

"好了好了，别再扇自己了，我原谅妳了，原谅还不成吗？"

纪小茹听完，冲进男友的怀里哭，也只有这时候，她才感觉自己还被人爱着，并且为此飞蛾扑火，在所不惜。

很难想象这样畸形的恋情竟然维持了两年，如果不是彭皓出国在即，也许这段虐恋还会继续下去。

"皓，你别走，你走了，我如何活？"纪小茹抱着男友的大腿说，泪如雨下。

"妳以为我想走？我这是为了我俩未来的美好生活做打算。放心，等我一站稳脚跟，立刻接妳过去。"

后来为了给"未来的美好生活"储备基金，纪小茹还把每月辛苦赚来的钱全换成美元汇给彭皓，如果不是"良人"变心，娶了当地华侨为妻，估计纪小茹还会一头热地继续汇款……

"纪老师，我实在狠不下心来。"新加入的学员说。

“这时候千万别心软，除非妳不爱他。”

“爱，我爱他很久很久了。”

“那么听我的，最后他会粘上妳，怎么甩都甩不掉。”

新学员将信将疑，但已决定按照纪老师说的做，让那个男人跪在地上学狗叫。

上完课，纪小茹回到月租十万元的家，也只有当俯瞰整个城市街景时，她才想起彭皓的好，若不是他，她如何租得起这栋豪华公寓？说到底，他也不是一无是处呀！

（683）

这个月，悦季出版社的龙编辑又收到三部被合约捆绑的作品，心中五味杂陈，她忍不住对其中一位投稿者说："在我审稿之前，您应该事先告知才是。"

"没问题的，"徐作者答，"您跟平台签约，至于平台要怎么跟我分成，您就不用管了。"

如果这么简单，龙编辑就无需头疼了，因为跟平台签约得"买"版权，老实说，如今的出版行业已到了举步维艰的地步，除非遇到爆款，否则很难盈利，就别说还要额外花一笔钱替作者"赎身"。

"不好意思，我社只与作者签约。"龙编辑说。

通常被合约捆绑的作者一听说出版社只跟作者签约，很快便会打退堂鼓，但这位徐作者却有一股韧劲，加上文章也确实写得好，于是龙编辑便答应试试，结果到了最后一步还是谈崩了，徐作者很气馁，龙编辑也同感无奈。

想当年，龙编辑也曾签下"卖身契"，不仅时间长达20年，且这20年之内的所有作品皆归花儿写作平台，至于分成……别提了，一提龙编辑就捶胸顿足，恨不得将当年无知的自己狠狠揍一顿。

话说签下"不平等条约"后的第五年，龙编辑跟悦季出版社签约，首部作品便激起不小的水花，自然引起花儿写作的注意，没多久，龙编辑收到一封邮件，原文如下：

雪久久您好：

我司发现坊间的在售小说《跟我说爱我》与您在我司平台上所发表的《看不见的情人》多有雷同，现我司法务部已经寄出警告信函给悦季出版社，如果得

不到满意的答复会发起诉讼，您是著作
权人，届时我们需要您配合一同提告。

花儿写作佟主编敬上

雪久久是龙编辑早期的笔名，她现在的
笔名是热辣辣，也是《跟我说爱我》的
作者，所以你猜雪久久会不会告热辣辣
？

但凡合同能平等一些，龙编辑也不致于
走上这一步，这叫"狗急跳墙"。

今天，某国际集团董事长的座驾刚要驶入办公大楼的地下停车场，好巧不巧地被一枚鸡蛋击中车子的挡风玻璃。

"这是怎么回事？"董事长随口一问。

"好像跟裁员有关。"司机答。

随后董事长坐电梯上到26层的办公室，站在落地窗前往下一瞧，果然看到几十个人拉起横幅抗议。

董事长冷哼一声，很快将此事抛到脑后。

今天，某国企老总的座驾刚要驶入办公大楼的地下停车场，好巧不巧地被一枚鸡蛋击中车子的挡风玻璃。

"这是怎么回事？"老总大惊失色地问。

"好像跟裁员有关。"司机答。

随后老总坐电梯上到26层的办公室，站在落地窗前往下一瞧，果然看到几十个人拉起横幅抗议。

老总冷哼一声，很快通知秘书拨打警察总部的电话……

（685）

季如苹长了痔疮，这么隐秘的事，她只告诉罗小丹。

"妳打算怎么办？"罗小丹问。

"只能买条软膏擦擦，怎么好意思看医生？对了，妳一定得为我保守秘密喔！"

"当然。"

后来整个学校都知道季如苹长痔疮，她气得脸红脖子粗，从此与罗小丹形同陌路。

罗小丹很不平，明明自己守口如瓶，怎么就被定罪？于是拦下季如苹问个清楚。

"除了妳，我谁都没说。"季如苹答。

"妳买软膏了没？"罗小丹问。

"买了。"

"放在哪里？"

"学校宿舍的书架上。"

罗小丹听完，话都懒得说，头也不回地走了。

（686）

赵青柏在路上发现一条有皮肤病的流浪狗，本来不想理会，后来还是将它送往医院。

"这是一只纯种的成年柴犬，等皮肤好了，会很漂亮。"兽医说。

"我也是这么想的。"他答。

自从赵青柏的女友看过动画片《柴犬阿旺的和式生活》后，直嚷着要养柴犬。为了博女友一笑，他真的上狗市场寻找，可是找来找去，都是不纯的，价格还不便宜，起码得800元。

"除了皮肤病，它还有其他疾病吗?"赵青柏问。

"没有。"

"治好得多少钱?"

"怎么也得1000元。"

赵青柏一琢磨，倒不如花800元买只杂种幼犬，反正看起来也没有差很多。

"那……那……我看还是……"

赵青柏话还没有讲完，兽医告诉他——成年犬有42颗牙，这只柴犬很特别，多了一颗。

"多一颗会怎样?"赵青柏问。

"物以稀为贵呀！"兽医答。

赵青柏再一琢磨，多花200元就能得到一只世上少有（拥有43颗牙）的纯种柴犬，怎么算都值，于是爽快付钱。

待人和狗离开后，新来的助理问："那只狗真的有43颗牙吗?"

"这不是重点，重点是路上少了一只流浪犬。"兽医答。

"可是……如果那个人后来发现不对，那岂不是……"

兽医苦笑着，这类白色谎言他一年总要说上几回，到目前为止还没有接到投诉。即使接到投诉，成年犬掉牙也正常，怎么都能全身而退……

（687）

游碧薇患抑郁症多年，发起病来真是生不如死，如果不是身边有男友陪着，她早走上不归路。

"妳别老在床上躺着，走，陪我买条长裤去！"男友对她说。

后来他们到百货商场买了条长裤，又在喜欢的拉面店吃了碗面，然后踏着月色而归。

"你是上帝送给我的天使。"游碧薇对男友说。

"没错，上帝派我来拯救妳，所以妳得快快好起来。"男友说完，给了她一个微笑。

游碧薇的男友是一名企业高管，外表阳光自信，且抗压能力强，任何时候都带着笑容，仿佛没有任何一件事能难倒他。

这一天，阳光明媚，游碧薇的男友踩着坚定的步伐走进公司，结果才开会没多久，他就当着所有与会者的面跳楼自杀了。

消息传到游碧薇耳中，她怎么都不肯相信，说到死，她才是应该执行的那一位，怎么也轮不到对未来充满希望的男友，所以强烈怀疑是会议中的某人说了伤人的话，才导致这场悲剧的发生，然而还没等她为男友申张正义，抽屉里的一封手写信揭开了真相……

游碧薇掩面哭泣，如果早知道男友的抑郁程度比自己还严重，怎么也不会拉着他一起沉沦，说到底，都是微笑惹的祸。

（注：微笑型抑郁是抑郁症的一种，患者常面带微笑，同时表现出阳光、积极的一面，然而实际情况却非如此，他们的内心常有负面情绪，甚至伴有自杀念头。）

（688）

有一天，小语对小倩说了一个秘密——有个女的亲吻她。

"妳为什么要告诉我这个？"小倩问。

"因为……算了，当我没说。"

几天后，小倩对小菊说了一个秘密——有个女的亲吻小语，小语把这件事告诉她。

"妳为什么要告诉我这个？"小菊问。

"因为……算了，当我没说。"

又过了几天，小菊对小语说了一个秘密——小倩把小语的秘密捅出来了。

"妳为什么要告诉我这个？"小语问。

"因为……我想表达谢意，谢谢妳没把我的名字说出来。"

"不用谢，我只是拿这个来试探小倩，结果她是个异性恋者，还是个守不住秘密的异性恋者。"

小菊傻眼了，小语到底是不是女同？还有，小倩真的是异性恋者吗？还是像小语一样拿这件事来试探人（好决定下一步该怎么走）？

（689）

雪莉大概跟德克萨斯州有仇，只要进入该州，总有大大小小的麻烦事发生，不是遭遇天灾（台风、地震、洪水、火烧山……等），就是面临人祸（譬如最近的交通事故就让她断了一条腿，足足打了三个月的石膏），也难怪雪莉的丈夫听说她又要去德克萨斯州会大发雷霆。

是这样的，公司给雪莉派了工作，她只需搭机从丹佛飞到新奥尔良即可（公司还给报销机票钱），但雪莉还是决定开车前往，并且特意安排行经德克萨斯州的路线，无怪乎她的丈夫尤里西斯会暴跳如雷。

其实雪莉的想法很简单，如果某人或某事跟她杠上，她便一试再试，直至驯服为止，这是她的人生态度，也是一路过关斩将的致胜法宝。

可想而知，在全家都反对的情况下，雪莉仍然一意孤行，可喜的是这次除了将备用高跟鞋遗忘在德克萨斯州的莲花酒店（酒店后来通知她去取）外，她毫发未损，可是当她从新奥尔良打电话回家报平安时，电话里的老公却怪怪的。

"你怎么了？"雪莉问。

"没什么，妳回来再说吧！"

"现在就说，是不是……是不是汤姆和安妮出了什么事？"

"不是孩子们的问题，而是我们，我想离婚。"

雪莉很难相信她的婚姻会出问题，她一直以为他们是幸福的四口之家。

由于丈夫不愿在电话里多谈，雪莉一办完公事便乘坐飞机赶回丹佛。面对来势汹汹的妻子，雪莉的老公倒是无一丝惧色。

"为什么想离婚？"雪莉问。

"因为我无法与妳继续生活下去。"

雪莉要他讲具体点儿，于是尤里西斯给出"太自以为是，别人的话都听不进去"的答案。

"你指的是我非要去德克萨斯州这件事？"雪莉又问。

"这件事还不够吗？我已经受够妳的犟脾气，简直顽固得像头骡。"

想当年若不是她的犟脾气，雪莉恐怕还在家乡守着一亩三分地，而如果不是她顽固得像头骡，还没玩够的尤里西斯又怎会与她步入婚姻殿堂？

"你非离不可吗？"雪莉三问。

"是的。"

"既然这样，我有个条件——离婚得到德克萨斯州的法院提起诉讼。"

又是德克萨斯州！尤里西斯听完火冒三丈，随即甩门而出。

雪莉很委屈，像是解释什么地喃喃道："遗留在那里的鞋总得拿回来，不是吗？"

（690）

为了领取彩票奖金，阮氏娇事先准备好Hello Kitty的面具。

"只用一次，何必浪费钱？我看蜘蛛侠的头罩就挺不错的。"母亲对她说。

"拜托，我是女生，戴蜘蛛侠的头罩会笑死人的。"

阮母还想说什么，被阮父阻止了，他说娇娇想戴什么，随她去！

走进兑奖大厅，阮氏娇很快找到工作人员说明来意，接着她被带到一个小房间，工作人员让她在彩票背面写上名字和身份证号，然后核对信息。核对无误后，工作人员帮她出具兑奖单，有了兑奖单才能开具税票，税率为20%，也就是

213

1.7亿元的彩金，实际到手只有1.36亿元。

一切都办妥后，工作人员对阮氏娇说："拿着妳的兑奖单和税票就可以上银行办理领奖手续，现在我们到大厅拍照吧！"

至此，阮氏娇终于有机会戴上她的Hello Kitty面具。

回家后，阮氏娇的表哥问她什么感受?

"戴面具挺不舒服的。"她答。

"还不舒服？"她的表哥表情夸张地说，"妳戴蜘蛛侠的头罩试试，连呼吸的孔都没有，还好我的肺活量大。"

接着在场所有人都抨击蜘蛛侠的头罩设计很不人性化，早该扔垃圾桶。

"娇娇不是买了Hello Kitty的面具吗? 以后戴这个吧！"

阮母不说则已，一说，家里的男人集体抗议——哪有男生戴这玩意儿?

"妈，"阮氏娇的八岁弟弟开口，"我们家中了那么多次彩票，难道还缺买头套的钱？"

"嘘！"阮父立即捂住儿子的嘴，直至确认四周安全才松手，接着给了儿子一记响头，"小兔崽子，我们家没中过彩票，一次都没有，出去可别乱说话。"

阮母后来把Hello Kitty的面具和蜘蛛侠的头罩都收好，以备将来的不时之需……噢！对了，拍照过后，有人拿走阮氏娇的兑奖单和税票，就像日出日落一样自然。

（691）

陈坤衣完成了一部小说，内容围着妓女打转，审核没通过，理由是有违公序良俗。

过了两年，陈坤衣又完成了一部小说，内容描写同性恋者的爱恨情仇，审核没通过，理由还是有违公序良俗。

再过两年，陈坤衣"又又"完成了一部小说，内容有关七岁小孩偶遇外星人，意外获得神奇的力量，最后拯救全宇宙，然而审核依旧没通过，理由倒不是有违公序良俗，而是与现实不符，容易误导未成年人。

陈坤衣左思右想，最后灵光一闪，写下小人物历经千辛万苦最终成为大慈善家的故事，这次审核终于通过了，文章还入选当年的全国优秀作品，接受新闻部的表扬。

看！出书一点儿也不难，只要找对风口，猪都能上树！

（692）

这一天，杜香秀在网上申请股利发放，不出意外的话，一个星期便能到账。

"好了，游戏又要开始了。"她对着镜中的自己说。

自从杜香秀的老公去世后，她守寡了将近20年，如今唯一的儿子成家搬了出去，终于到了享福的时候，她岂能错过？

"杜姐，店里来新货了，您什么时候过来？"奢侈品店的柜哥小唐打电话过来询问。

"马上。"

杜香秀后来只在店里买了个男用皮夹，小唐没说什么，依旧热情接待着。

当晚吃法餐时，杜香秀把买来的皮夹送给了小唐。

"杜姐，这……这怎么好意思？"小唐既慌张又惊喜地说。

"男用皮夹我又用不上，我是特地买给你的。"她答。

"收下这么重的礼，我无以回报呀！"

"你开心就是对我最好的回报。"

两人熟了之后，小唐的胃口越来越大，小小的皮夹已经满足不了他，他想要一辆特斯拉。

杜香秀咬咬牙，还是给买了，于是当晚小唐在床上特别卖力，让这个年过半百的妇女感觉钱花得值。

哪知拥有新车的喜悦才持续一个多月，小唐又有了追逐的目标，这次他想要市中心的商品房。

"我没钱了。"杜香秀说。

"怎么可能？姐姐是不是骗我？"小唐撒娇地问。

于是杜香秀当着情人的面登录手机银行，账户余额显示还有2890元。

"其他银行呢？"小唐问。

"我只在一家银行开户。"

"那……"小唐环顾四周，"那这房子……"

"房子登记在我儿子的名下，当初说好我有居住权。"

现在小唐终于明白自己遇到了一个"伪"富婆，分手分得相当决绝，无一丝犹豫。

小唐离开后，杜香秀替自己泡了杯龙井，在阵阵茶香中，她拿起手机拨打儿子的电话。

"妈，妳收的股利不少，现在才六月份，怎么又花光了？"她的儿子质问。

"老娘养你多不容易，多花点儿怎么了？再说，你爸留下的股票和我住的别墅，将来还不是你的？难道要我捐给国家？"

杜香秀的儿子后来答应按购物小票给付（像往常一样），直至母亲再次收到股利为止……

塞西莉亚睡得正甜，隐约听到敲门声，她不予理会，翻个身继续好眠，结果敲门声又起，扣扣两声。

她睁开惺忪的睡眼，发现屋内一片漆黑且万籁俱寂。

"搞什么？"塞西莉亚既好气又好笑，"我竟然做了一个有人敲门的梦！"

结果才闭眼不到一分钟，她又听到敲门声，这次倒是听得真切，不是做梦。

塞西莉亚思考了一下，这栋公寓虽位于市中心，但龙蛇混杂，夜又这么深，还是别开门为妥。

主意打定后，她却陷入纠结之中，因为接下来每隔一段时间，敲门者才会轻轻敲门，扣扣两声即止，像是怕扰人清梦，这么有教养的人又怎会是坏人？

正当塞西莉亚三心二意之时，一阵急促的敲门声响起，她心想莫非有紧急情况？于是果断爬起去应门。

"很抱歉这么晚还打扰您，"一位衣着整洁的男人微微一颔首，"请问米德在家吗？"

"你找错地方了，这里没有米德。"

"没有米德？那真是糟糕！"男人嘀咕了一下，接着将目光投向塞西莉亚，"您介意我使用您的座机吗？我得打一个重要电话。"

"我家没有座机。"

"那……您知道有哪位善心人士肯借我手机？"

塞西莉亚打量一下眼前人，他看起来斯斯文文的，而且说话很有礼貌，应该是受过良好教育的人。

"你等等。"

说完，塞西莉亚关上房门。再开门时，她把自己的手机递过去。

"谢谢！"男人收下手机，"您是今晚的第三位善心人士。"

等塞西莉亚回过神来，对方已不见踪影（连同她的手机）。

（694）

猫 妈妈经数日来的观察，终于锁定目标，等太阳一落山，它从小猫仔中挑选一只，接着叼到瓦砾巷12号门前，不出意外的话，这家的女儿应该再过一会儿就会到家，果不其然……

"哇！好可爱的猫咪。"小女孩蹲下来撸猫。

小猫受到惊吓，立刻跑去找躲在墙角的猫妈妈，结果被猫妈妈抓了一脸。小猫吓得后退好几步，不明白平常温柔的母亲为什么会忽然翻脸？

"喵喵，过来呀！"小女孩呼唤着。

小猫看着女孩，又回头望了母亲一眼，结果猫妈妈上来又是几拳，它只好逃进女孩的怀抱。

看着自己的孩子被领进门，猫妈妈如释重负，最丑的一只已经送出，接下来多少能省点儿力气了……

（695）

久闻破尘寺不一般，乔氏兄弟决定探一探虚实，结果一进寺院便被拦下，就在争执不下之际，寺院的住持出现了，他让小和尚别拦着施主，并把乔氏兄弟引进禅房。

在禅房里，乔氏兄弟接二连三地出言不逊，但都被住持三言两语给化解了。趁兄弟俩一时无语，住持开始弘法，只见那两人的气焰逐渐消退，头也不由自主地垂了下来，就在这时候，小和尚领着数名警察闯入。

"这两位是我的有缘人，"住持对警察说，"他们正要离开。"

此时的乔氏兄弟也听出了逐客令，起身对住持一颔首，接着踏出禅房。

等他俩一走出寺院，立即被警察逮住，理由是携带管制刀具。

乔氏兄弟对此无异议，接受五日拘留的处罚。

五日过后，乔氏兄弟又来到破尘寺，这次他们把小和尚痛揍了一顿，住持则毫发未伤。没办法，黑道大哥的爱恨就是如此泾渭分明。

（696）

当 Kevin告诉妻子自己投资失利，现在家庭存款只剩十万元时，Yadira只是噢了一声，没有任何过激行为，可是当Kevin提议将她的华服放在ebay上销售，借以共度难关时，她却疯了一样，甚至扬言自杀，Kevin只得作罢，转而变卖房产。

"这房子多漂亮，为什么要出售呢？"买家看房过后问。

"我老公有职务上的调动，否则也不会割爱。"身穿香奈儿套装的Yadira答。

"原来如此。"买家点头，"我很喜欢妳的房，可是价格……"

"如果不能以这个价格卖出，我会很伤心，因为这栋房子注入了我全部的心血。"

面对如此精致佳人，谁能舍得她落泪？房子最后以高于市场价的价格售出。

"留下衣服是对的，" Kevin说，"这个社会还是看重外表。"

不用老公下结论，Yadira很小的时候就明白这个道理，当时她被选为社会实验的演员，分别扮演富家千金和流浪儿，结果不言而喻。

Kevin听完后说："没想到妳还有这么一段经历，我还以为妳天生拜金。"

"我是拜金呀！" Yadira拿出离婚协议书，"我只要房款的一半，如果爽快点儿，你我都能省下打官司的钱。"

Kevin想也不想，果断签字。

奇怪的是，离婚后的Kevin又住回自己的房子，而且投资什么都血赚。

"也许少了Yadira，一切都变顺利了。" Kevin逢人就说，压根儿不提房子卖给了海外某公司，而他正是该公司的幕后老板。

林肖经过不懈的努力，终于拜在命理大师卓易生的门下，并且成为其中的佼佼者。

"林肖，我已经把自己的独门绝技都教给你了，离开前，我还得叮嘱你一件事。"卓易生对得意门生说。

"师父，什么事？"林肖毕恭毕敬地问。

"写下你的遗嘱，好比什么东西给什么人，但别写死亡原因和死亡日期。"

"为什么？"

"为了你的死后名声呀！"

林肖被当头一棒，这岂不是……

卓易生当然清楚徒弟心里想什么，他解释："人有失足，马有失蹄，世上哪有十全十美的事？"

林肖想想也对，最终采纳恩师的建议，写下自己的遗嘱，然后放在家中的显眼处。

几年过去后，林肖成了有名的命理大师，敛财无数，人也变得有点儿飘，得罪业内不少人。

某天，网上出现一封预测自己死亡的遗书，署名"林肖"，而根据笔迹鉴定，正是当今命理大师林肖所写无误。

为此，林肖的家门口被记者们挤得水泄不通，大家都想获得林大师死亡的第一手消息。

林肖烦恼得不得了，本来想卜一卜自己的生死，后来还是拿出一枚硬币。

"正面活，反面死。"说完，他将硬币用力往上一抛。

（698）

移民海外是尤瑞芬做过最后悔的事，这里什么都贵不说，还难找工作，结果她一个金融女竟然沦落到当起超市的收银员，怎不令人唏嘘？

"芬芬，最近好吗？"远在中国的父亲与她视频通话。

"很好，写作也很顺利。"她答。

"怎么不换个工作？"她的母亲抢过手机，"写作能挣钱吗？"

尤瑞芬表示能不能挣钱是其次，至少让她有事做，否则整天百无聊赖，没病也会熬出病来。

"光靠承旭一个人的收入可以吗？"她的父亲又抢过手机，"你们也该有个孩子，得攒点儿教育基金。"

"爸，这里的孩子出生后有补贴，从幼儿园到大学的学费还全免，攒什么教育基金？另外，承旭自己是老板，公司收入完全可以支撑整个家庭的花销，还不用怕被开除。也就是说，我们目前不生孩子不是负担不起，而是想继续享受二人世界。"

尤瑞芬的父母又分别念叨了好几分钟才挂机。

"妳为什么不告诉爸妈妳在超市工作？"她的老公问，"有收入不是比没收入好？"

尤瑞芬打死也不会说自己在超市帮老板数钱，那多没面子！但写作不一样，听起来高级许多。

"你呢？"她反问老公，"你为什么不告诉爸妈你在搬家公司工作？"

汤承旭打死也不会说自己在搬家公司出卖劳力，那多没面子！但创业不一样，听起来高级许多。

这两夫妻每天都活在谎言里，原本的忐忑不安也在时间的洗礼下渐渐化为处之泰然，只要双方父母不来探亲就OK，毕竟从地下室搬到地面要多花不少钱，他俩还没攒够呢！

（699）

据说今年是史上最难就业年，应届毕业生的就业率甚至达不到15%，这让孔铭丘稍感安慰（看！不是他不努力，而是僧多粥少）。

既然大环境不允许，孔铭丘便决定摆烂，每天除了吃睡，就是打游戏，把他的父母愁到不行，连番说教之余，还拉来一帮亲戚共同指责他。

孔铭丘何尝不知道啃老可耻？但与其以卵击石，他宁愿"留着青山在，不怕没柴烧"。话说回来，摆烂并不是逃避，而是启动身体的保护机制，以防压力过大，压垮自己的最后一道防线……

"你这是找借口！"他的表姐说，"再怎么着也能去搬砖。"

孔铭丘后来还真的上工地搬砖，可是才半天的工夫就被爱面子的父母喊回家，因为忍受不了邻里的嘲讽。

既然无法明着摆烂，孔铭丘决定来阴的，一次考研不过，那就再试一年，也许能熬到就业市场转好的时候……

哈利的父亲去世前曾告诉他——人生是有密码的，只要输入正确，就会幸福无比。

"爸，快告诉我密码是什么。"他说。

"傻孩子，我若是知道，也不会临死前还这般窘迫。"他摸摸儿子的头，"你得自己去寻找答案。"

时光荏苒，岁月如梭，已经病入膏肓的哈利把儿子叫到床前，告诉他——人生是有密码的，只要输入正确，就会幸福无比。

"爸，快告诉我密码是什么。"小哈利说。

"傻孩子，我若是知道，也不会临死前还这般窘迫。"他摸摸儿子的头，"你得自己去寻找答案。"

时光荏苒，岁月如梭，到了第N代，小小小……小哈利终于找到人生密码，并且幸福无比。

"爸，快告诉我密码是什么。"他的儿子说。

"密码就是NXZ234GH531。"

小小小……小(+1)哈利立即输入，可是他并没有感到幸福，他的父亲答："这就对了，那是我的人生密码，不是你的，你得自己去寻找答案。"

作者介绍

在异国的背景下加入缠绵悱恻的爱情故事是B杜小说的一大特点，她的文笔清新、笔触诙谐、画面感很强，读完小说有种看完一部爱情偶像剧的感觉，特别适合怀春少女及对爱情有憧憬的女性阅读。

另外，B杜还创作了散文、严肃小说、系列小说等，欢迎关注。

ALSO BY B杜

《B杜極短篇故事集 (601～700)》 （繁體字版）A Word to the Wise (Tales 601～700 in traditional Chinese characters)

* * *

《法兰西情人》 Love in France

《东瀛之爱》 Love in Japan

《新西兰之恋》 Love in New Zealand

《英伦玫瑰》 Love in England

《爱在暹罗》 Love in Thailand

《情定布拉格》Love in Prague

《狮城情缘》Love in Singapore

《爱上比佛利》Love in Beverly Hills

《梦回枫叶国》Love in Canada

《早安，欧巴》Love in Korea

《我在苏黎世等风也等你》Love in Switzerland

《迪拜公主的秘密情人》 Love in Dubai

《马力历险记 1 之地球轴心》 The Adventures of Ma Li (1) : The Time Axis

《马力历险记 2 之黄金国》 The Adventures of Ma Li (2) : Eldorado

《马力历险记 3 之可可岛宝藏》 The Adventures of Ma Li (3) : The Treasure of Cocos Island

《B杜极短篇故事集 (1 ~ 100)》 A Word to the Wise (Tales 1~100)

《B杜极短篇故事集（101～200）》A Word to the Wise (Tales 101～200)

《B杜极短篇故事集（201～300）》A Word to the Wise (Tales 201～300)

《B杜极短篇故事集（301～400）》A Word to the Wise (Tales 301～400)

《B杜极短篇故事集（401～500）》A Word to the Wise (Tales 401～500)

《B杜极短篇故事集（501～600）》A Word to the Wise (Tales 501～600)

《巫觋咖啡馆之梧桐路篇》The Witch & Warlock Café on Wutong Road

《鸿沟》A World Apart

《洁西卡》Jessica

《我的泰国养老生活 1》My Retirement Life in Thailand (1)

出版社介绍

如意出版社（Luyi Publishing）在英国注册，致力于将优秀作品介绍给全球读者，联系方式如下：

邮箱1：Luyipublishing@163.com

邮箱2：Luyipublishing@gmail.com